www.tredition.de

Für Chris.

Heaven is a place on earth.

Samantha Daut

LUNA

Wir waren Junkies,
aber wir waren glücklich.

Liebesroman

© 2016 Samantha Daut
Umschlag, Illustration: Berthold Sachsenmaier
Lektorat und Satz: Susanne Junge

Verlag: tredition GmbH, Hamburg

ISBN
Paperback   978-3-7345-2498-1
Hardcover   978-3-7345-2499-8
e-Book   978-3-7345-2500-1

Printed in Germany

INHALTSVERZEICHNIS

„Bist du im Badezimmer?", rief Anne.

„Ja, bin ich. Ich war gerade duschen", erwiderte Noah, während er sich mit dem flauschigen, braunen Badetuch abtrocknete.

„Könntest du dich etwas beeilen? Ich muss los, meine Straßenbahn fährt doch in einer Stunde!", rief sie.

„Mach ich!" Schnell zog Noah sich an, kämmte und föhnte sich die dunkelblonden, kurzen Haare, dann putzte er sich die Zähne. Alsdann ging er in das Wohnzimmer, das direkt an den offenen Koch- und Essbereich anschloss. Noahs Wohnung war in hellem Holz gehalten und sowohl praktisch – als auch für den 7-jährigen Leon passend kindgerecht – eingerichtet. Die Wände waren in der Farbe Orange gehalten.

Noah sah Anne verführerisch an: „Du verdienst ja ab heute zum ersten Mal wieder dein eigenes Geld", lächelte er und zog Anne in seine Arme.

Sie schlang ihre Arme um seinen Hals: „Ja, und darauf freue ich mich sehr. Ich bin gespannt, was der neue Job an Möglichkeiten und Erfahrungen für mich bereithält", schwärmte sie.

Anne hatte als Optikerin gearbeitet, aber sie war vor zwei Wochen gekündigt worden, weil sie angeblich nicht den Blick für das Wesentliche gehabt hatte. Doch für ihren neuen Job – als Unterhalterin für Gräfin Dagmar von Andrecht Senior, auf Schloss Andrecht, den sie nun antrat – war sie sich absolut sicher, geeignet zu sein. Sie konnte viele klassische Karten- und Brettspiele, außerdem besaß sie die Fähigkeit, sich von ihrer Natur aus und durch ihre Offenheit sehr gut in andere Menschen und Situationen hineinzuversetzen. Überhaupt war sie der verständnisvollste und einfühlsamste Mensch, den Noah in seinem Leben kennengelernt hatte, dies sagte er ihr immer wieder.

„Was war eigentlich heute Nacht los?", wollte Anne jetzt wissen.

Noah hob eine Augenbraue: „Was meinst du?"

„Du hast dich die ganze Nacht herumgewälzt."

„Ich habe schlecht geträumt", winkte Noah müde ab.

„Was hast du denn geträumt?", wollte Anne wissen.

„Das weiß ich nur noch bruchstückhaft", log er.

Warum träumte er ausgerechnet jetzt wieder von der Mutter seines Sohnes? Er konnte es sich beim besten Willen nicht erklären! Sieben Jahre hatte er diese Frau nicht mehr gesehen – sieben Jahre hatten sie absolut keinen Kontakt mehr gehabt, totale

Funkstille, warum also dachte er ausgerechnet jetzt an sie? Er beschloss, sich abzulenken.

„Wollen wir nicht noch gemeinsam frühstücken? Ich kann dich dann in meinem Jeep mitnehmen, ich muss ohnehin noch etwas erledigen", bot Noah an.

„Sehr gerne, dann gehe ich jetzt Leon wecken und dann bereite ich alles für das Frühstück vor."

„Alles klar, mach das. Ich kann mich auch um das Frühstück kümmern. Wollen wir Leon gemeinsam wecken?", fragte Noah.

„Können wir gerne tun – aber das Frühstück ist meine Baustelle", beharrte sie lächelnd und küsste Noah zärtlich auf die Nasenspitze.

Noah und Anne liefen eng umschlungen ins Kinderzimmer und weckten Leon mit Streicheleinheiten und Küssen.

„Aufstehen, großer Pirat", sagten Anne und Noah beinahe gleichzeitig.

Leon murmelte verschlafen etwas, er wälzte sich hin und her und fuhr sich mit beiden Händen über das Gesicht. Jetzt war er wach und schlüpfte aus dem Bett.

„Guten Morgen, Anne, guten Morgen, Papa", jeder bekam ein Küsschen.

„Hast du gut geschlafen?", fragte Noah.

„Nein, ich habe von einer Frau geträumt, die mich mitgenommen hat", erklärte der Junge aufgeregt.

Für einen Moment erstarrte Noah. Ihm war, als würden sich Eisklumpen auf seinem ganzen Körper tummeln, die ihn zur absoluten Erstarrung zwangen. Er berührte vorsichtig mit der linken Hand seine rechte Schulter, dann befeuchtete er mit der Zunge seine Lippen.

„Und was hat die Frau dann mit dir gemacht? Hat sie etwas gesagt?", löcherte Noah seinen Sohn.

„Nein, sie hat mich nur ganz liebevoll angesehen", erzählte der kleine Junge.

Noah wirkte nachdenklich: „Das war ja dann doch ein schöner Traum", murmelte er.

„Ja."

Anne blickte verwirrt von einem zum anderen. Sie spürte instinktiv, dass Spannung in der Luft lag, konnte diese aber nicht einordnen.

„Ich würde vorschlagen, wir frühstücken jetzt erst einmal!", lenkte sie vom Thema ab.

Leon verschwand schnell im Badezimmer, während Anne das Frühstück vorbereitete. Dann wünschten sich alle einen guten Appetit und begannen zu schlemmen.

Nach dem Frühstück konnte dann Anne endlich ins Badezimmer; sie machte sich frisch und zog sich an. Schließlich half sie – wie jeden Morgen – Leon beim Anziehen. Als alle fertig waren, fuhr Noah zuerst Anne zum Schloss, da Leon noch etwas Zeit hatte – außerdem war der Junge schon ganz gespannt darauf, das Schloss zu sehen.

Als sie ankamen, lud Noah Annes rostiges Fahrrad von seinem Jeep – heute Abend hatte er in der Autowerkstatt zu viele Termine und daher wusste er nicht, ob er sie abholen konnte – außerdem liebte Anne ihr Fahrrad, weil sie damit flexibler und unabhängiger war. Anne stieg aus und natürlich musste auch der neugierige kleine Leon unbedingt schauen. Die Eisklumpen an Noahs Körper waren verschwunden.

Sie schritten das Portal hinauf und hatten noch nicht geklingelt, da öffnete ihnen bereits eine elegante, ältere Dame mit perfekt frisierten roten Haaren die Tür – sie musste den Motor des Jeeps vernommen haben: „Guten Morgen, Dagmar von Andrecht, das „Gräfin" können Sie weglassen", begrüßte die Dame die Ankömmlinge – es war die Gräfin persönlich!

Noah und Leon blieben hinter Anne stehen.

Anne hatte an ihrer Stimme und ihrem Gesichtsausdruck erkannt, dass die Gräfin eine herzensgute Person war – so viel Menschenkenntnis hatte Anne: „Es freut mich sehr, Sie kennenzulernen", Anne lächelte die rothaarige Gräfin an und schüttelte die dargebotene Rechte.

Plötzlich erschien ein gutaussehender und gepflegter, junger Mann hinter der Gräfin im Türrahmen. Er trug ein weißes Hemd, ein schwarzes Jackett, eine schwarze Hose und schwarze Schuhe. Seine braunen Haare hatte er akkurat und fein säuberlich – vermutlich mit Haargel – nach oben gekämmt. Für einen Moment war Anne fasziniert von dem tiefen Blau seiner Augen, und auch er konnte den Blick nicht von ihr abwenden.

Noah räusperte sich kurz.

Der junge Mann trat aus der Tür und bot Anne die Hand an: „Dominik von Andrecht Junior, ich bin der Enkel der Gräfin. Es freut mich, Sie kennenzulernen", er schüttelte ihre Hand und blickte sie noch immer an.

„Die Freude ist ganz meinerseits. Ich bin Anne Köster – die Unterhalterin für Ihre Großmutter", schüttelte die Blondine seine Hand – Anne liebte ihre blonden Locken.

Gräfin von Andrecht bat nun auch Noah und den kleinen Leon herein und begrüßte sie. Als alle in der großen Vorhalle standen, ging eine Seitentür auf und die braunhaarige Hausdame der Familie von
Andrecht trat ein. Sie wandte sich an ihre Chefin: „Entschuldigen Sie bitte, Gräfin von Andrecht – wo

möchten Sie denn gerne Ihren Tee zu sich nehmen?"

„Im Kaminzimmer bitte, Luna! Ach, und sind Sie bitte so nett und bereiten noch zwei Gedecke vor? Danke", die Gräfin lächelte die Hausdame an.

„Sehr gerne", Luna ließ nun erst ihren Blick an der Gräfin vorbei über die Anwesenden schweifen – und ihr Blick fiel direkt auf Noah, dann erblickte sie auch Leon. Der Schock war ihr ins Gesicht geschrieben – und Noah war sich sicher, dass er ebenso geschockt aussah wie sie. Die Eisklumpen in Noahs Körper waren zurück, und an dem Gesicht der Hausdame konnte er erkennen, dass auch sie Eisklumpen in ihrem Körper aufsteigen fühlte.

Luna atmete tief aus, dann drehte sie sich um, ging in die Küche, holte noch zwei Gedecke und brachte diese in das Kaminzimmer. Die Gäste waren derweil auch hier angekommen. Luna musste sich stark zusammen reißen, aber vollkommen professionell fragte sie die Gäste: „Möchten Sie gerne einen Tee?"

„Nein, danke", erwiderten Noah und Leon beinahe gleichzeitig.

„Ich nehme sehr gerne einen Tee, bitte", meinte Anne lächelnd. Sie war so fasziniert von Dominik und dem schwarzen Flügel an der Seite des Raumes, dass sie alle anderen kaum noch wahrnahm.

„Anne, wir gehen dann, du fährst mit dem Fahrrad nach Hause?", fragte Noah.

Anne nickte verträumt.

„Bis dann, auf Wiedersehen", meinte Noah.

„Ich begleite Sie beide noch nach draußen", warf Hausdame Luna ein, und Noah konnte nichts dagegen sagen, so dass er ihr zusammen mit Leon zur Tür folgte.

Draußen angekommen, wollte Leon sofort in den Jeep. Noah war das nur Recht: „Setze dich bitte nach hinten in den Kindersitz, schnalle dich an und mache die Tür zu!"

Noahs Ton machte Leon deutlich, dass sein Vater keinen Widerspruch duldete; also tat Leon unverzüglich, was sein Vater verlangt hatte.

Noah lehnte sich an die Fahrertür des Jeeps. Luna fror entsetzlich in ihrer dünnen, schwarzen Strumpfhose, über der sie einen grauen Rock trug. Auch ihre weiße Seidenbluse war viel zu dünn, als dass sie ihr überhaupt irgendeine Wärme gespendet hätte. Luna verschränkte die Arme vor der Brust. Noah sah sie an. Diese Kleidung passte ganz und gar nicht zu der Luna, die er einmal gekannt und geliebt hatte; nicht zu der Luna, mit der er in berauschenden surrealen Glücksmomenten gedacht hatte, alles im Leben erreichen zu können; nicht zu der Luna, mit der er eine Familie hatte gründen wollen;

nicht zu der Luna, mit der er in ebenso berauschenden Momenten hoch geflogen – aber im Nachlassen des Rausches mindestens doppelt so tief und hart gefallen war. Und schon gar nicht passte dieses Outfit zu der Luna, mit der er immer gemeinsam gespritzt hatte, als die Realität zu real zu werden schien. Und dieser aalglatte Haarknoten den sie jetzt trug – er wirkte einfach viel zu streng, seiner Meinung nach passte er überhaupt nicht zu ihr. Wo war ihr lockiges Haar, durch das er beim Sex so oft mit seinen Händen gewuschelt hatte? Die Leichtigkeit, die ihr die Locken damals gespendet hatten, war verschwunden.

Ihr Lächeln fiel ihm siedend heiß ein! Am Anfang, als sie sich kennenlernten, war ihr Lächeln rein und glücklich gewesen, es war ehrlich gewesen – ja, es war dieses reine, ehrliche und glückliche Lächeln gewesen, in das er sich damals verliebt hatte. Nach dem ersten oder zweiten Treffen hatte er zu ihr gesagt: „Luna, gib mir bitte eine Chance, dir zu beweisen, dass ich dich glücklich machen kann". Und sie hatte ihn angelächelt und ihm die Chance gegeben.

Aber als er an die falschen Freunde geriet, als er immer tiefer in die Welt der Drogen – genauer gesagt, des Heroins – und deshalb auch der Kriminalität der Autoschieberei rutschte, als auch Luna schließlich heroinabhängig wurde… er wollte den Gedanken nicht zu Ende denken, aber von diesem

Zeitpunkt an hatte sich Lunas Lächeln verändert – es war nicht mehr dasselbe, weil es durch die Heroinabhängigkeit an Reinheit, Ehrlichkeit und Glück verloren hatte. In der Zeit der Sucht war es nur noch ein toter Schatten – ein Abbild einer Frau, die nichts mehr mit Luna Nieters gemein hatte, nicht einmal mehr das Lächeln, in das er sich am Anfang verliebt hatte. Ihm war eines glasklar: Für ihn würde dieses Lächeln nie wieder dasselbe sein!

„Unser Leben war in Ordnung", flüsterte er leise, „warum musst du ausgerechnet jetzt – nach sieben Jahren – wieder in unserem Leben auftauchen und alte Wunden aufreißen – das ist nicht fair!", er hatte seine Stimme gesenkt.

„Moment mal – nicht ich bin hier aufgetaucht, ihr seid es! Woher sollte ich wissen, dass die neue Unterhalterin der Gräfin zu dir gehört?!!", konterte sie, „und wenn die Wunden wirklich alt und verheilt wären – dann könnte ich sie nicht wieder aufreißen!"

Damit hatte sie natürlich Recht, das musste Noah zugeben.

„Ich bin übrigens seit über zwei Jahren clean – es war hart, aber ich habe den Absprung geschafft! Und weißt du, wie ich das durchhalten konnte? Weißt du es?", ihre Stimme wurde lauter.

Er hob ratlos die Schultern und atmete aus – er war mit der Situation total überfordert.

„Mit dem Wissen, dass ich einen Sohn habe, der mich braucht!", flüsterte sie und machte eine Pause, „einige Monate, nachdem ich clean war, im Januar 2009, habe ich diese Arbeit hier als Hausdame auf Schloss Andrecht gefunden. Und noch am selben Tag – es war der 12. Januar 2009 – habe ich begonnen, euch zu suchen. Ich wollte ihn einfach nur sehen – ihm nahe sein, verstehst du?"

„Doch, dass verstehe ich irgendwie…", Noah nickte zustimmend, aber er war sich unsicher, was sie nun erwartete. Sie konnte doch nicht glauben, dass sie ihren Sohn jetzt einfach wiederhaben könnte, als sei nichts geschehen?! Er fühlte die alte Wut wieder in sich hochsteigen!

„Du kannst doch jetzt nicht einfach denken, alles wäre wieder wie früher? Glaubst du ernsthaft, ich kann vergessen, was du uns – nein, was du *ihm* angetan hast? Luna, er wäre verhungert, wenn ich nicht früher nach Hause gekommen wäre! Du hast damals so oft versprochen, dass es diesmal anders wird, dass du den Entzug schaffst und dass du die Finger von dem Zeug lässt. Damals dachte ich wirklich, wir werden wieder eine Familie, aber…", er wusste nicht, wie er weitersprechen sollte.

„Ich weiß. Aber ich schwöre dir, ich habe mich geändert. Wir müssen ihm ja nicht alles erzählen…", begann sie.

„Wer meinem Sohn wann etwas erzählt – das entscheide ich und nicht du!", fuhr er sie mit schneidender Stimme an; äußerlich schien er ruhig, auch wenn es in seinem Inneren weiterhin brodelte.

„In Ordnung, du bestimmst alles", resignierte Luna, „aber sag mal, was hast du ihm denn bereits erzählt?! Bin ich für ihn tot?", wollte sie mit einer frostigen Eiseskälte in der Stimme, die ihn überraschte, wissen.

„Nein, ich sagte ihm, du seist sehr krank und deshalb wärst du nicht bei uns", klärte er sie auf.

Die Erleichterung war ihr mehr als deutlich anzusehen: „Danke, das bedeutet mir sehr viel", hauchte sie, während Noah das Gefühl hatte, sie wäre vor Erleichterung beinahe umgekippt.

„Ist alles in Ordnung?", fragte er besorgt.

„Nein, mir ist es ein bisschen schwindelig. Ich habe wohl zu wenig getrunken, das werde ich gleich einmal nachholen", entgegnete sie.

Da trat die Gräfin mit Anne hinaus. Nach einer Führung durch das Schloss – Anne musste sich ja an ihrem neuen Arbeitsplatz zurechtfinden – wollte sie ihr auch den Garten zeigen. Dabei stellte sie mit prüfendem Blick fest, dass der Gärtner wieder einmal seine Arbeit nicht richtig verrichtet hatte. Sie nickte Noah und Luna kurz zu, ehe sie wieder die Treppen ins Schloss hinaufstieg, um mit dem Gärtner ein ernstes Wort zu reden.

Rasch umarmte Noah Luna und raunte ihr leise, damit niemand etwas mitbekam, ins Ohr: „Zuallererst bist du eine Bekannte der Familie und mehr nicht – haben wir uns verstanden?! Und wehe, du erzählst Anne oder den Bewohnern des Schlosses mehr   – oder besser gesagt etwas anderes, dann kann ich für nichts mehr garantieren, haben wir uns verstanden?!"

Die Umarmung fühlte sich falsch an, wie ein Judaskuss… aber Luna ließ sich nichts anmerken. Sie stimmte daher zu: „Aber sicher. Vergiss nur nicht, dass wir beide uns gegenseitig in der Hand haben – ich dich wegen deiner kriminellen Geschäfte mit den Autoschiebern – und du mich wegen der Vernachlässigung Leons. Und was die Drogen betrifft, haben wir uns ohnehin gegenseitig in der Hand", ihre Stimme klang nicht bedrohlich, doch etwas Überlegenes lag in ihr.

„Das ist mir bewusst. Also abgemacht: Du bist eine Bekannte der Familie?", vergewisserte sich Noah.

„Abgemacht, mir ist alles Recht, solange ich meinen Leon wenigstens ab und zu sehen kann", bekräftigte Luna.

„Gut. Und jetzt muss ich los! Leon muss in die Schule und ich habe noch Termine mit Kunden, die mir ihre Autos zur Reparatur bringen möchten", erklärte er und stieg in den Jeep.

„Wer war das?", wollte Leon sofort wissen.

„Das war eine Bekannte der Familie", erklärte Noah seinem Sohn.

„Hat sie meine Mama gekannt? Du hast gesagt, sie kannte unsere Familie. Wie heißt sie?", wollte Leon unbedingt sofort weiter Bescheid wissen.

„Sie ist eine Freundin der Familie, ja", erwiderte Noah. Auf seines Sohnes Frage nach dem Namen der Frau wich er geschickt aus, obwohl Noah seinem Sohn noch nie den Vornamen seiner leiblichen Mutter gesagt hatte, sondern sie immer nur als „Mama" oder „Mutter" bezeichnet hatte – aber sicher war sicher.

„Was steht eigentlich heute in der Schule an, mein Pirat?", wechselte Noah geschickt das Thema.

„Wir bekommen heute die Themen für die Mathe-Arbeit gesagt, es geht um Grundrechenarten", erklärte Leon.

„Oh, eine Mathe-Arbeit, hast du schon gelernt? Das hast du mir ja noch gar nicht erzählt", stellte sein Vater überrascht fest.

„Nein, Papa, dafür brauche ich doch nichts zu lernen, ich bin doch so gut in Mathe, weil das babyleicht ist", war Leon überzeugt.

„Schaue es dir bitte noch einmal an, ja?", ging Noah auf Nummer sicher.

„Ja, ok". Leon fischte sein Matheheft aus dem Rucksack, der neben ihm hinten auf der Rückbank stand, und begann eifrig und wissbegierig darin zu blättern. Nach gut zwanzig Minuten waren sie vor dem großen Schultor aus schwarz gefärbtem Eisen angekommen, und Leon hüpfte aus dem Jeep; auch Noah stieg aus und ging vor seinem Sohn in die Hocke: „Hab einen schönen Schultag, mein Pirat", Noah drückte Leon an sich.

Die Schulklingel ertönte und Leon trabte in das Gebäude, während Noah in seine Werkstatt fuhr; seine Gedanken hingen zwischen Anne und Luna, doch er zwang sich, sich auf seine Arbeit zu fokussieren. Die Vergangenheit konnte er ohnehin nicht mehr ändern, er konnte lediglich versuchen, die Zukunft besser zu gestalten.

Zurück im Schloss saß Anne neben der Gräfin auf dem großen, wuchtigen, hellrosafarbenen Sofa. Zwischen den beiden hatte die Hündin von Dagmar von Andrecht Senior Platz genommen; sie hieß Mimi und war der Liebling schlechthin im Schloss. Dagmar von Andrecht tätigte für ein gepflegtes Fell der Hundedame – auf das sie sehr großen Wert legte – auch regelmäßige Besuche beim Hundefriseur. Mimi zählte nicht zu der Rasse von Hunden, mit denen man einen Hundeplatz besuchen konnte, nein, das tat sie wahrlich nicht. Sie zählte zu jenen Hunden, die als Begleiter der Reichen auf Bällen und Galen gerne gesehen waren.

„Anne, erzählen Sie mir doch bitte ein bisschen von sich", bat die Gräfin lächelnd, „möchten Sie noch einen Tee?"

„Sehr gerne", erwiderte Anne.

„Wir haben Rooibos-Vanille oder Rooibos-Karamell, welche Sorte bevorzugen Sie?", erkundigte sich die Gräfin.

„Ich nehme bitte einen Rooibos-Vanille-Tee", bat Anne.

„Luna!", rief die Gräfin. Es ertönte keine Antwort.

„Luna, wo stecken Sie nur?!", rief sie noch einmal, da hörten sie die Tür ins Schloss fallen und Luna trat ins Wohnzimmer.

„Entschuldigen Sie bitte meine Abwesenheit, aber mir geht es nicht so gut und ich brauchte ein wenig frische Luft. Sie haben mich ja eben draußen gesehen", rechtfertigte sich Luna.

„Das ist kein Problem, Luna. Wir hätten gerne noch einen Rooibos-Vanille-Tee."

Luna nickte der Gräfin zu. „Möchtest du auch einen Tee?", fragte sie leise, in diesem Moment ganz unbedacht, an Dominik gewandt.

Er riss sie an einem Arm in die Küche, dass ihr beinahe der Absatz brach. Dominik sah schon den romantischen Glanz in ihren Augen aufglühen, und dazu noch dieses verliebte Lächeln! Ihm wurde beinahe schlecht: „Ein für alle Mal, ich habe kein Interesse mehr an dir! Der One-Night-Stand vor über einem Jahr war ein Ausrutscher – ich liebe dich nicht, ich habe dich nie geliebt und ich werde dich auch nie lieben! Ist das jetzt endlich klar!?"

Luna stand unter Schock. Seit dem 8. April 2009 war sie unwiderruflich, hoffnungslos, unsterblich und bis über beide Ohren in diesen Mann verliebt. Damals hatte ein großer Ball im Schloss stattgefunden, zu dem auch andere Adelige und Grafen geladen waren. Zu vorgerückter Stunde, als der Saal sich ein wenig geleert hatte, war sie von Dominik zum Tanzen aufgefordert worden... In jener Nacht hatte sie ihr Herz vollkommen an Dominik verloren...

„Sicher", erwiderte sie leise und senkte den Blick.

Er ließ sie wieder los und sie wischte sich die Tränen aus den Augen – sie konnte nicht vermeiden, dass sie anfing zu weinen. Dominik verließ die Küche, und nachdem Luna sich geschnäuzt hatte, brachte sie der Gräfin und Anne den Tee, während Dominik sich in den großen, goldenen Saal zurückzog, um ein wenig am Flügel zu spielen. Irgendwie fehlte ihm jedoch die Muße zum Spielen und so gesellte er sich wieder zu den Damen.

Während des Teetrinkens erzählte Anne: „Ich wurde von klein auf immer von Kindermädchen betreut. Sie haben mich geliebt und ich sie! Wissen Sie, mein Vater – Dirk Köster – war Polizist und wurde im Dienst erschossen, als ich vier Jahre alt war. Meine Mutter – Patrizia Köster – war schon damals beruflich sehr viel unterwegs, da sie beim Film arbeitet und ständig um die Welt zu Film-Expeditionen reist. Sie war also sehr selten zu Hause – aber wenn sie dann einmal zu Hause war, dann hat sie die ganze Zeit mit mir verbracht, mir jeden Wunsch erfüllt und mir all ihre Liebe geschenkt. Natürlich habe ich meine Mutter ab und zu sehr vermisst, und als ich Teenager war, war ich sogar eine ganze Weile echt wütend auf sie, weil sie so selten zuhause war… Mittlerweile verstehen meine Mutter und ich uns aber wieder besser, auch wenn wir uns wirklich sehr selten sehen, aber wir telefonieren sehr oft. Sie war begeistert, als ich erzählt habe, dass ich eine neue Arbeit gefunden habe. Und sie ist schon gespannt, was ich ihr nach meinem ersten Arbeitstag zu berichten habe", Anne stellte die leere Teetasse auf dem Tisch ab; eine Weile herrschte Schweigen.

Dann nahm Dominik das Gespräch wieder auf: „Mein Vater, Graf Rudolf von Andrecht, ist auch so ein Phänomen, wissen Sie. Er liebt es zu reisen, manchmal ist er Monate, ja sogar Jahre weg, aber er meldet sich immer, egal, wo er gerade ist; sei es per Ansichtskarte, per Brief, per Videokonferenz, oder was auch immer... Vielleicht ist er Ihrer Mutter gar nicht so unähnlich? Momentan ist er seit einiger Zeit in Italien..."

Dominik verstummte und schien in Gedanken bei seinem Vater zu sein. Anne hatte versonnen seinen Worten gelauscht und ihm tief in die Augen geblickt.

Dominik fuhr fort: „Ganz im Gegensatz zu meinem Bruder Erich. Also eigentlich heißt er Dr. Erich von Andrecht – aber er hat seinen Nachnamen geändert, um sich endgültig von uns zu trennen. Er hat diese Reiselust offenbar nicht geerbt, bei ihm ist das völlig anders. Seine Berufung ist, Menschen zu helfen. Darin geht er völlig auf. Er hat die Familie vor mehr als sechs Jahren verlassen, damals war er gerade 18 Jahre alt. Er wollte unbedingt Medizin studieren, er wollte Menschen helfen – und er wollte nicht mehr in dieses Schloss gehören und kein Graf mehr sein, er wandte sich komplett von uns ab und wir haben keinen Kontakt mehr zu ihm. Wie gesagt, sogar seinen Namen hat er geändert. Wenn ich mich richtig erinnere, hilft er Drogenabhängigen beim stationären Entzug – also das hatte er jedenfalls vor, zumindest hat er uns das damals kurz vor dem Bruch mit uns erzählt", schloss Dominik.

„Das tut mir sehr leid", meinte Anne mitfühlend.

„Schon in Ordnung", erwiderte Dominik und stand auf. Als wolle er diese negativen Familien-Erinnerungen abschütteln, streckte er sich und machte sich wieder auf den Weg zu seinem Flügel. Er begann konzentriert zu spielen.

„Das würde auch ich am liebsten können!", schwärmte Anne, die ihm gefolgt war, und schlug die Augen nieder.

„Ich kann Ihnen gerne ein paar Takte beibringen, wenn Sie möchten?", schlug er vor.

„Oh, ja sehr gerne", stimmte Anne zu.

Da trat die Gräfin neben sie: „Es freut mich, wenn mein Enkel Ihnen das Klavierspielen beibringt, Sie werden sicher viel Spaß daran haben und Talent haben Sie so oder so!", lächelte die Gräfin sie an.

„Woher wollen Sie das wissen?", fragte Anne interessiert.

„Ich habe sehr viel Menschenkenntnis und ein sehr gutes Gespür, was meine Mitmenschen anbelangt", erklärte die Gräfin selbstsicher, um sofort fortzufahren, „mein Enkel zeigt Ihnen später seine musikalischen Künste – ich möchte, dass wir jetzt alle gemeinsam spazieren gehen."

Noah nahm, nachdem er seinen Sohn in der Schule abgeliefert hatte, einen dringenden Anruf von einem Herrn entgegen, der sofort die Hilfe einer Werkstatt benötigte, da bei seinem Fahrzeug während des Bremsens ein extrem starkes Ruckeln und Schlagen am Lenkrad zu vernehmen war. Noah hatte ihn sofort gebeten, in die Werkstatt zu kommen und keinesfalls zu schnell zu fahren.

Eine Viertelstunde später betrat ein Herr die Werkstatt. Noah ging auf ihn zu: „Guten Tag, Noah Möwald mein Name", er schüttelte die Hand des Herrn.

„Guten Tag, ich bin Kurt Kramer", stellte sich sein Gegenüber vor, „ich bin hier wegen der starken Rotationen am Lenkrad – wir hatten telefoniert", sagte der Mann, der nur noch wenige, dünne schwarze Haare auf dem Kopf trug, eher hager und groß war. Er trug einen hellen Mantel, schwarze Hosen und helle Schuhe. Er trug er eine viel zu kleine Brille mit viel zu kleinen, runden Brillengläsern. Er hielt ihm den Ersatzschlüssel für den Wagen hin.

„Ich weiß. Ich vermute, dass es der Rußpartikelfilter ist – ich muss ihn vermutlich reinigen", erklärte Noah.

Alle machten sich auf zu einem Spaziergang in den Wald. Der Himmel sah nicht besonders schön aus und es war windig, aber bis jetzt regnete es noch nicht. Als sie eine Viertelstunde durch den Wald geschlendert waren, wurde der Wind immer heftiger.

„Ich glaube, wir kehren besser wieder um. Mir ist kalt. Bestimmt regnet es gleich und dann werden wir alle noch nass. Und Mimi friert auch schon", stellte die Gräfin besorgt fest.

„In Ordnung!", stimmten ihr alle bei. Dagmar von Andrecht Senior nahm die Hundedame auf den Arm und ging voraus. Anne und Dominik ließen sich etwas nach hinten fallen, bis Dagmar das Haus erreicht hatte. Als auch Anne langsam zu frieren begann, ihre Strickjacke spendete ihr nicht gerade sonderlich viel Wärme, sprach Dominik sie an: „Soll ich dich…äh, entschuldigen Sie bitte, soll ich Sie etwas mit meinen Armen wärmen? Mir ist es fast immer zu warm", erzählte er.

„Das macht nichts, wir können gerne beim „DU"
bleiben. Oh, ja das wäre sehr nett von dir", meinte
sie und er umarmte sie lächelnd, um sie zu wärmen.
Sie ließ sich einfach in seine Arme fallen und
schmiegte den Kopf an seine Brust, sein Atem war
so warm und er roch so gut, nach einer Mischung
aus Vanille und Minze. Sie liebte Düfte aller Art
und war völlig in seinem Bann. Anne drehte den
Kopf ein wenig und sah ihn an, beide ließen sich
von dem Moment hinreißen, und schließlich löste
er die Umarmung, hob sanft ihren Kopf am Kinn an
und küsste sie. Sie fühlte sich magnetisch zu ihm
hingezogen und konnte nicht anders, als den Kuss
leidenschaftlich zu erwidern. Als sie sich etwas
seitlich drehten, bekamen sie – immer noch völlig
in den Kuss vertieft – gar nicht mit, dass auch Luna
noch anwesend war und die beiden beobachtete.
Die zog ihr Handy hervor und machte ein Foto von
den beiden. *Das wird Noah bestimmt interessieren*,
dachte sie voll Schmerz, denn zu sehen, wie Dominik, nach dem sie doch so verrückt war, eine andere
küsste, raubte ihr selbst fast den Atem. Dies war
wieder einer der Momente, in denen sie sich einfach nur noch spritzen wollte, doch sie unterdrückte
diesen Wunsch eisern.

Anne beendete den Kuss und sie liefen schweigend
in inniger Umarmung weiter Richtung Schloss,
Anne hatte den Kopf an seine Schulter gelegt, bis

sie um eine Kurve bogen und aus Lunas Sichtfeld verschwanden.

Jetzt war sie ganz alleine im Wald. Sie öffnete eine MMS, in die sie das Foto einfügte und darunter schrieb: *Kein Fake, ich will dich nur warnen. Wehtun will ich dir auch nicht. Aber wir haben etwas gemeinsam, du liebst diese Frau und ich diesen Mann.* Langsam schritt sie den Weg weiter, während sie in ihrem Adressbuch nach unten scrollte und den Kontakt mit *N* suchte. Sie war so in ihr Handy vertieft, dass sie den Baumstamm übersah, der auf dem Weg lag, und darauf ausrutschte, weil er mit Laub bedeckt war. Mit einem Schrei stürzte sie zu Boden. Ihr rechter Arm schmerzte höllisch, ebenso das linke Bein. Ihren Kopf musste sie irgendwo angeschlagen haben, denn er dröhnte und pochte, und sie bemerkte, dass sie an der Lippe blutete – oder waren das ihre Fingerkuppen? Am Kopf schien sie, soweit sie feststellen konnte, keine Platzwunde zu haben. Bei dem Sturz war ihr das Handy aus der Hand gefallen und lag nun etwas von ihr entfernt auf dem Waldboden. Sie versuchte, näher zu robben, um es greifen zu können, dies gelang ihr nur unter großen Schmerzen. Die getippte MMS war noch da – zum Glück! Nun fand sie den Kontakt und sandte die MMS ab.

Noah machte sich gleich an die Arbeit. Herr Kramer blieb in der Werkstatt stehen; ungeduldig trat er von einem Fuß auf den anderen. Da Noah wusste, dass die Arbeit nicht so viel Zeit in Anspruch nehmen würde, wollte er die Angelegenheit gleich hinter sich bringen.

Herr Kramer räusperte sich mehrfach, sah auf seine Armbanduhr und wollte sich dann offenbar zum Gehen wenden, doch dann hielt er inne und blieb stehen. Aus der Innentasche seines Jacketts holte er eine seiner Visitenkarten hervor und reichte sie Noah.

„Vielen Dank, Herr Kramer, ich melde mich dann bei Ihnen, sobald der Wagen fertig repariert ist", nahm Noah die Karte entgegen. Er wischte sich mit dem Ärmel über die Stirn, wo der Schmutz einen schwarzen Streifen hinterließ.

„Gut!", Herr Kramer wirkte etwas verlegen, „sagen Sie, macht es Ihnen etwas aus, wenn der Wagen, wenn er fertig repariert ist, noch etwas bei Ihnen hier in der Werkstatt steht? Ich bin ab heute Mittag nämlich geschäftlich in Montenegro unterwegs und komme erst in zwei Wochen wieder. Wäre es in Ordnung für Sie, wenn mein Wagen hier bleibt?"

„Ja, aber sicher doch, natürlich, das ist überhaupt kein Problem, für solche Fälle habe ich schließlich Stellplätze. Ich melde mich aber natürlich trotzdem sofort bei Ihnen, sobald Ihr Wagen fertig ist", wiederholte Noah.

„Wunderbar", erwiderte Kurt Kramer, er verabschiedete sich und schlug den Weg Richtung Bahnhof ein.

Komischer Kauz, dachte Noah bei sich und begann, an dem Auto zu schrauben, naja, ihm konnte es egal sein, solange er sein Geld erhielt.

Lunas Kopf sank zu Boden, die Stirn lag auf ihren dreckigen Händen. Was sollte sie nun tun? Sie raffte sich auf und versuchte aufzustehen – vergebens! Ihr kam eine Idee: Sie griff wieder nach ihrem Handy und sie sandte eine SMS mit Google-Standort im Anhang: *Bin gestürzt und kann nicht mehr alleine aufstehen, hilf mir bitte, durch meinen Standort findest du mich. Auch das ist kein Fake. Ein Selfie gibt's später.* Auch diese Nachricht sandte sie an den Kontakt mit *N.* Jetzt konnte sie nur hoffen, dass die Nummer noch stimmte und er sie nicht so sehr hasste, dass er gar nicht erst kam, um ihr zu helfen. Aber sie appellierte gedanklich an seinen gesunden Menschenverstand, während sie versuchte, eine möglichst schmerzfreie Position zu finden, was kaum möglich war.

Plötzlich vernahm Noah das leise Surren seines iPhones, das auf dem schmalen Holzregal am Eingang der Werkstatt lag und zum Aufladen am Ladegerät hing. Schon wieder eine Störung! Er griff zu dem alten Lappen, der auf dem Beistelltisch lag, und wischte sich den Motor-Dreck von den Händen. Anschließend wischte er sich mit dem Handrücken noch schnell den Schweiß von der Stirn. Neue schwarze Streifen zierten sein Gesicht. Danach eilte er zu seinem iPhone und nahm das Gespräch entgegen.

„Möwald", meldete er sich, ohne vorher auf das Display zu sehen.

„Na endlich!", keuchte ihm eine aufgeregte Frauenstimme, die er zu kennen glaubte, entgegen.

„Luna?!", vergewisserte er sich ungläubig.

„Ja, ich bin es, Luna."

„Was gibt es denn? Du hörst dich merkwürdig an."

„Ich habe schon zig-Mal versucht, dich zu erreichen", keifte sie unter Schmerzen.

„Entschuldige bitte, aber der Akku war leer und außerdem hatte ich gerade ein wichtiges Kundengespräch", erklärte er ruhig und sachlich, um dann sofort hinzuzufügen, „aber was ist mit dir? Ist alles in Ordnung? Du klingst so merkwürdig", stellte er nochmals fest, während er sich bemühte, nicht allzu besorgt zu klingen.

„Ich bin gestürzt, hast du meine MMS und meine SMS denn noch nicht gelesen?", fragte sie verwundert.

„Nein", murmelte er. Er stellte das Handy auf laut und hielt den Anruft, während er ihre Nachrichten öffnete. „Ich lese sie erst jetzt gerade, ich hatte noch ein Kundengespräch und mein Akku war leer, und, und, und…", erwiderte er nochmals. Ehe sie etwas entgegensetzen konnte brüllte er plötzlich: „Was?! Das kann nicht sein, Anne und dieser, dieser, dieser…Bist du sicher?", Noah war entsetzt.

„Sieh dir die MMS gut an, wenn du mir nicht glaubst", erwiderte sie und noch im selben Moment öffnete Noah auch diese.

„Das ist nicht wahr", stammelte er entsetzt. „W-w-wie sind diese Bilder entstanden?"

„Wir haben einen Spaziergang im Wald gemacht, Frau von Andrecht Senior wollte das so – es war ihr Wunsch. Dann wurde es kalt, die Gräfin hatte Angst um ihre Hundedame und deshalb wollte sie wieder umkehren. Frau von Andrecht ging voraus. Da merkte ich, dass Dominik und deine Anne sich etwas nach hinten fallen ließen, ich beobachtete sie nämlich schon die ganze Zeit heimlich, und dann sah ich, dass sie sich küssten. Ich holte mein Handy hervor und machte damit ein Foto von ihnen, und das hab ich dir mit dem Text dazu gesandt. Dann bin ich, weil ich mir mein Handy vor die Nase gehalten und daher nicht auf den Weg geachtet habe, auf einem Baumstamm ausgerutscht. Deswegen habe ich dir dann noch eine Hilfe-SMS mit meinem Standort geschickt", schloss sie ihre Erklärung.

„Ich komme sofort", erwiderte er.

Trotzdem wusch er sich zunächst einmal gründlich mit Wasser und der Cremeseife, die nach Honigmilch duftete, die Hände. Nach einem Blick in den Spiegel bemühte er sich auch, sein Gesicht einigermaßen zu säubern. Anschließend trocknete er seine Hände ab und machte sich auf den Weg zu dem Standort, den Luna ihm geschickt hatte.

Dort angekommen, sah er sie sofort in einer alles anderen als gesund aussehenden Position auf dem Waldboden liegen – bequem war diese Haltung mit Sicherheit nicht! Er kniete sich neben ihr auf den Waldboden und strich ihr vorsichtig über das Gesicht. In seinem Blick lag eine Mischung aus Besorgnis und einem winzigen Zögern. Er fühlte eine Flut von Erinnerungen in sich aufsteigen. Erinnerungen, die er längst vergessen, oder besser gesagt, verdrängt hatte. So hatte er zumindest bis gerade eben gedacht.

„Ich wollte dich damit nicht verletzen. Ich dachte, als ich dir die Fotos geschickt habe, ehrlich gesagt nur daran, dass du wissen solltest, was Sache ist – ich meine, offenbar findet Anne den Enkel meiner Chefin ja ganz nett."

„Du glaubst, meine Verlobte hat was mit deinem Juniorchef?", fragte er verwirrt.

„Ich liebe diesen Mann; seit dem 8. April 2009 liebe ich diesen Mann und jetzt?! Das darf doch alles nicht wahr sein!", sie raufte sich unter Schmerzen die Haare. Er hob sie vorsichtig und sanft in seine Arme, auch ihr Handy steckte er ihr in die Hosentasche.

„Ich würde sagen, jetzt bringe ich dich erst einmal vorsorglich in ein Krankenhaus, wo dich ein Arzt untersuchen wird, nur um sicherzustellen, dass du nicht ernsthaft verletzt bist", meinte er.

„In Ordnung, ich muss aber schnell der Gräfin Bescheid geben."

Noah stützte Luna und führte sie behutsam zu seinem Jeep. Dort angekommen, half er ihr beim Einsteigen und fuhr sofort mit ihr zum nächst gelegenen Krankenhaus. Während der Fahrt telefonierte Luna noch mit der Gräfin und erzählte ihr von dem Unfall, sie sagte auch, dass sie sich verspäten würde. Die Gräfin hatte vollstes Verständnis für ihre Situation.

Nachdem Anne der Gräfin beim Abendessen Gesellschaft geleistet hatte, wollte diese zu Bett gehen und Anne hatte Feierabend. Luna hatte vor dem Abendessen angerufen und sich krankgemeldet, somit hatte Anne kurzerhand übernommen, für das Abendessen zu sorgen.

Im Krankenhaus wurde Luna sofort von einem gewissen Dr. Florian Meyerfeldt untersucht und geröntgt. Noah hatte die Zeit während des Röntgens im Wartezimmer verbracht und eine Motorsport-Zeitschrift gelesen, die auf einem kleinen, viereckigen Tisch lag.

Nach dem Röntgen traten Luna und Dr. Meyerfeldt zu ihm: „Es ist glücklicherweise nichts gebrochen, an Ihren Fingern sind leichte Prellungen und Schürfwunden vorhanden, Ihr rechter Arm und Ihr linkes Bein sind gezerrt und Sie haben eine leichte Gehirnerschütterung."

„Kann ich nach Hause?", fragte Luna, an Dr. Meyerfeldt gewandt.

„Nur auf eigene Verantwortung", erwiderte dieser, „aber bitte schonen Sie sich."

„Ich werde persönlich darauf achten, dass sie sich schont", warf Noah ein.

Der Arzt wandte sich zum Gehen: „Gut, dann werde ich Ihre Entlassungspapiere vorbereiten. Alles Gute!"

„Danke", erwiderte Luna,

Nachdem die Schwester ihr die Entlassungspapiere überreicht hatte, verließen Luna und Noah gemeinsam das Krankenhaus. Er brachte Luna aufs Schloss zurück, wo sie ihr Zimmer hatte. Gerne hätte Noah Anne zur Rede gestellt und auch einige Takte mit Dominik gewechselt, aber er musste Leon von der Schule abholen und war spät dran.

„Wie war es denn heute in der Schule, Pirat? Und was sind denn jetzt genau die Themen?", wollte sein Vater wissen.

„In der Schule war es gut, aber die Arbeit über die Grundrechenarten wurde auf den 15. September, nach den Ferien, verschoben, weil unsere Mathelehrerin gesagt hat, dass wir in diesem Schuljahr schon genug Noten haben. Sie möchte uns in den letzten vierzehn Tagen nicht noch unnötig stressen", erklärte Leon.

„Das hört sich gut an. Aber wir schauen es uns in deinen Ferien trotzdem noch einmal gemeinsam an, in Ordnung?", vergewisserte sich Noah.

„Ok, aber jetzt habe ich Hunger."

„Sobald wir zu Hause sind, mache ich dir eine Gemüsesuppe, einverstanden?"

„Oh ja, super lecker!", war Leon begeistert.

Es fing an zu regnen, und Anne wollte sich mit ihrem Fahrrad auf den Heimweg machen, als plötzlich Dominik vor ihr stand: „Steig‘ ein, ich bring‘ dich nach Hause. Dein Fahrrad kannst du ja in der Garage abstellen", bot Dominik an.

„Vielen Dank", erwiderte Anne und tat, was er verlangte.

„Du könntest aber auch hier in einem Gästezimmer übernachten, das Wetter ist ja scheußlich. Außerdem würde meine Großmutter sich freuen, wenn du ihr morgenfrüh gleich Gesellschaft leisten würdest".

Eine Viertelstunde später waren Noah und Leon zuhause angekommen. Leon rannte sofort in die Wohnung und stellte seinen Schulranzen ab, dann verschwand er in seinem Zimmer.

Noah begann, die Suppe zuzubereiten. Während des Kochvorgangs dachte er an Anne: *Was war los mit ihrer Beziehung? Betrog sie ihn wirklich?* Er konnte es noch nicht recht glauben, seine Gedanken glitten weiter, nun dachte er an Luna: *Aber damals bei Luna hatte er auch nicht gedacht, dass sie einige Zeit nach Leons Geburt wieder rückfällig werden würde. Er erinnerte sich daran, wie sie am 1. Februar 2003 erfahren hatten, dass sie Eltern werden würden. Das war der schönste Tag seines Lebens – abgesehen von dem Tag von Leons Geburt am 1. Oktober 2003 natürlich. Er hatte so gehofft, dass Luna damals nicht wieder zur Spritze greifen würde, vergeblich.* Er zwang sich, sich wieder auf die Gegenwart zu fokussieren und sagte zu Leon. „Du kannst dir schon einmal die Hände waschen gehen, die Suppe ist gleich fertig."

Während Leon ins Badezimmer trabte, stellte Noah die Temperatur der Herdplatte etwas niedriger und begann, den Tisch zu decken.

Anne entschloss sich dazu, diese Nacht tatsächlich auf dem Schloss zu verbringen, sie musste sich einmal ganz deutlich über ihre Gefühle klar werden. Deshalb schrieb sie Noah eine kurze SMS: *Ich schlafe heute Nacht auf dem Schloss, die Gräfin braucht mich. Drück' Leon von mir. Gruß Anne.* Dann sendete sie die SMS ab.

DIENSTAG, 29. JUNI 2010

Am nächsten Morgen war die Gräfin erstaunt, das Anne ihr schon so früh Gesellschaft leistete, aber sie freute sich. Nach dem Frühstück spielten beide verschiedene Kartenspiele, am Mittag hatte Dominik Anne nach Hause bis vor die Haustür gefahren, doch sie konnte sich nicht entschließen, die Wohnung zu betreten. Stattdessen hatte sie ihre Freundin Annika angerufen und sich spontan mit ihr zu einem Latte Macchiato verabredet – angeblich, um den ersten Tag im neuen Job zu feiern. Auch danach war sie nicht nach Hause gegangen, sondern noch ziellos durch die Gegend geschlendert und hatte nachgedacht.

Um 19 Uhr war sie dann endlich zu Noah und Leon gegangen. Noah hatte den ganzen Tag über nichts von ihr gehört und sich entsprechend Sorgen gemacht. Aber der Zwischenfall mit Luna und dem Krankenhaus hatte ihn viel kostbare Arbeitszeit gekostet, die er heute hatte nacharbeiten müssen. Und auch um seinen Sohn hatte er sich kümmern müssen, so dass nicht viel Zeit zum Nachdenken geblieben war.

„Hallo ihr beiden!", begrüßte Anne die beiden, nachdem sie die Tür aufgeschlossen hatte. Sogleich fuhr sie fort, „Leon, gehst du bitte einmal in dein Zimmer?!"

Ein Blick auf Annes Gesicht hatte genügt, um ihm zu zeigen, dass hier etwas nicht stimmt. „Oh Mann, immer wenn es spannend wird, muss ich gehen", erwiderte er genervt und trabte in sein Kinderzimmer.

„Was ist denn los?", fragte Noah, der ebenfalls sofort sah, dass etwas mit Anne nicht stimmte.

Sie fiel gleich mit der Tür ins Haus: „Wir müssen uns trennen. Ich habe mich in meinen Chef Dominik verliebt. Ich kann dir nicht erklären, wie das passieren konnte, ich... ich weiß nur, dass ich nicht mehr mit dir zusammen sein kann. Es tut mir so unendlich leid, Noah", brach es aus ihr heraus.

Für ihn hatte es den Anschein, als würde sie gleich weinen, doch sie tat es nicht.

Er war wie vor den Kopf geschlagen: „Aber... aber wir waren doch glücklich, wir wollten doch heiraten! Habe ich dich vernachlässigt? Habe ich dir zu wenig Liebe oder zu wenig Materielles gegeben?", sprudelte es verzweifelt aus ihm heraus, „und was hat dein toller, neuer Junior-Graf, den du gerade mal ein paar Stunden kennst, was ich nicht habe?", fragte er, bemüht beherrscht.

Sie schwieg. Doch ihr Blick sagte ihm alles, und ihr Schweigen war für ihn Antwort genug.

„Wir wollten heiraten, Anne! Sieben Jahre! Ich meine... sieben Jahre, die... die wirft man doch nicht einfach so weg, ich meine, das, das..."

Noah war völlig am Ende, das sah sie, aber sie wusste auch, dass sie die letzte war, die ihm jetzt helfen konnte.

„Ich gehe jetzt mal einige Sachen von mir packen", sie wandte sich ab.

Während Anne ihre Sachen packte, tippte Noah eine SMS an Luna: *Können wir uns treffen? So schnell wie möglich. Es eilt.* Er drückte auf *Senden.*

Nach einer Viertelstunde kam Lunas Antwort-SMS: *Natürlich, am besten wir treffen uns am alten Bahnhof, in Ordnung? Ich nehme mir ein Taxi.*

Einige Sekunden später kam Noahs kurze SMS: *Ok.*

„Ich gehe jetzt zurück aufs Schloss. Es tut mir leid", sagte Anne, die ihre Sachen inzwischen gepackt und ihre Tasche geschultert hatte, „bitte sag Leon noch nichts, Noah; sag ihm einfach, ich müsste noch einmal zur Arbeit."

Da trat Leon aus dem Kinderzimmer. Der schlaue, kleine Junge hatte die Situation sofort erfasst: „Trennt ihr euch?", fragte er kleinlaut.

„Nein, Anne muss im Moment viel auf dem Schloss arbeiten", widersprach Noah seinem Sohn.

„Aber dann möchte ich auf jeden Fall bitte, bitte, bitte auch mal auf's Schloss, Papa!", bettelte Leon.

Anne versprach Leon, dass er sie besuchen dürfte, drückte ihn fest an sich und gab ihm ein Küsschen zur Verabschiedung.

Alles in Noahs Innerem stellte sich quer. Auf der einen Seite sah er ein, dass seinem Jungen das Schloss gefiel und dass der Besuch des Schlosses für einen 7jährigen ganz bestimmt etwas ganz Besonderes war, auch war Anne so gut wie seine Mutter, die er ihm nicht einfach nehmen konnte – aber die Angst, Luna könne Leon etwas über die Vergangenheit erzählen, war zu groß – doch Nein-Sagen konnte er auch nicht.

Anne verließ das Haus. Noah ging in die Knie und legte seinem Sohn den Arm um die Schultern: „Was hältst du davon, wenn du heute Nacht bei Ilse schläfst – ich müsste auch noch einmal in die Werkstatt?"

Leon war sofort Feuer und Flamme. Ilse war seine Lieblings-Nachbarin. Rasch hatte er seine Kulturtasche und ein paar Sachen eingepackt, während Noah bei der Nachbarin anrief. Dann trug er seinem Sohn die Tasche und den Schulranzen ins Nachbarhaus und stieg selbst in seinen Jeep.

Fünfzehn Minuten später waren sowohl Noah, als auch Luna mit ihrem Taxi am alten Bahnhof angekommen. Die Glasscheiben am Halteplatz waren teils verdreckt und teils sogar eingetreten. Der Müll lag überall auf dem Bürgersteig und im Gebüsch verteilt. Sämtliche Straßenlaternen waren mit Graffiti besprüht und die Birnen in den Laternen leuchteten nur noch sehr schwach.

Luna und Noah standen sich auf dem Bürgersteig in einiger Entfernung gegenüber. Luna trug einen grünen, leichten Mantel, der ihm sofort ins Auge fiel – die Farbe gefiel ihm und sie stand ihr ausgesprochen gut, wie er fand.

„Schöner Mantel", meinte er lächelnd. Irgendwie fühlte er sich etwas unsicher und nervös.

„Danke", erwiderte sie, ebenfalls lächelnd, „was gibt es denn so Dringendes zu besprechen?", wollte sie dann wissen.

„Anne und du, ihr liebt offenbar tatsächlich denselben Mann. Sie hat mir eben gesagt, dass sie sich von mir trennt, und ich glaube, das liegt an diesem… diesem Junior-Grafen Dominik", brauste Noah plötzlich auf.

„Das darf einfach nicht sein! Ich glaube auch, sie lieben sich, den Blicken nach zu urteilen, die sie sich zuwerfen, aber das darf einfach nicht sein! *Ich* liebe diesen Mann seit über einem Jahr, das darf nicht sein!", Luna fuhr sich mit den Händen durch ihr Gesicht und raufte sich anschließend die Haare.

Noah meinte, Tränen in ihren Augen glitzern zu sehen – und da flossen selbige auch schon ihre Wangen hinab.

„Ich kann sehr gut verstehen, was du meinst. Ich fühle mich gerade, als hätte Anne, als sie sich trennte, mir eine andere Seite von sich gezeigt, eine Seite, die ich nicht kannte – aber sie wird es sich auch nicht leicht gemacht haben!", war Noah sich sicher.

„Mag schon sein", räumte Luna ein, „aber offensichtlich liebt sie Dominik mehr – sonst wäre sie wohl kaum einfach so gegangen, oder?"

„Vermutlich hast du Recht", stimmte Noah ihr zu.

Eine Weile schwiegen sie sich an. Dann sagte Luna plötzlich: „...dass sie sich ausgerechnet in Dominik verliebt hat – und dass er sie offenbar auch liebt – das wirft mich irgendwie völlig aus der Bahn."

Sie zückte ihr Handy, und zum ersten Mal sah Noah wieder das Lächeln, das nicht ihres war, und diesen Glanz in ihren Augen, einen Glanz, den es normalerweise nie gegeben hatte – zumindest unter normalen Umständen nicht. Er wusste *genau*, was jetzt kam. Er versuchte, sie davon abzuhalten. „Nin! Tu das nicht! Nein! Wir haben… du hast so lange für dein jetziges Leben gekämpft, wirf doch nicht wieder alles weg", rief Noah, „du hast so viele Entzüge hinter dir und Dr. Eric Sander war so stolz auf dich…"

Aber trotzdem wählte sie eine Nummer, die sie schon lange nicht mehr gewählt hatte; aber jetzt hatte sie das Gefühl, nicht mehr anders zu können.

„Paul, ich bin es…, Luna", erklärte sie.

Paul Schrader war in der Szene bestens bekannt, aber den Nachnamen Schrader vergaßen die meisten Leute wieder – denn Nachnamen waren Schall und Rauch, in der Szene und auf der Straße.

„Luna… schön, dich wieder einmal zu hören…"

„Können wir uns treffen… am alten Bahnhof, ich brauche Stoff…"

„Aber natürlich, Heroin nehme ich an? Der aktuelle Grammpreis von Heroin liegt bei neunundvierzig Euro für ein Gramm", erklärte er.

„Gut, bis gleich", Luna legte auf.

Sie sah es in Noahs Gesicht, sie wusste, dass es ihm widerstrebte, dass sie wieder zu Heroin griff, aber sie brauchte es – heute zumindest.

Zehn Minuten später war Paul mit dem Stoff Junk vor Ort.

„Wie immer beste Qualität. Vergiss' nicht, Junk ist wie eine „warme Decke"", er überreichte ihr das Tütchen mit dem weißen Pulver, sie nahm es unauffällig entgegen und bezahlte ihn.

Noah konnte es nicht fassen. Er war wie betäubt. Trotzdem nahm er Luna mit zu sich nach Hause.

Luna war schon jetzt wie im Rausch, wie in Trance… sie dachte nur noch daran, ihren Stoff zu bekommen. Die alten Gewohnheitsmuster saßen eben doch noch zu tief. So bemerkte sie gar nicht, dass sie sich in der Wohnung sofort wie zuhause fühlte, obgleich sie noch nie hier gewesen war. Tatsächlich glich die neue Wohnung aber sehr der alten, in der sie einst mit Noah und Leon gewohnt hatte, denn die Einrichtung hatte Noah exakt detailgetreu übernommen. Doch die alte Behausung war Noah nicht groß und nicht kindgerecht genug gewesen, so dass er am 20. November 2003 mit Leon ausgezogen war. Die jetzige Wohnung passte seiner Meinung nach viel besser zu seinem Lebensstil.

Im Wohnzimmer angekommen, holte Luna eine hohe, stehende Kerze in einem Messingkerzenständer aus dem Schrank, stellte sie auf den Couchtisch und zündete sie mit einem Feuerzeug, welches sich in ihrer Tasche befand, an. Das Feuerzeug legte sie anschließend ebenfalls auf den Couchtisch. Nun holte sie einen Löffel aus der Küchenschublade. Sie gab das weiße Pulver auf den Löffel und hielt ihn über die Flamme der Kerze. Nachdem das Pulver durch die Wärme der Kerze flüssig geworden war, füllte sie es in die Spritze, die Paul ihr vorsorglich ebenfalls mitgebracht hatte, und zog diese auf. Dann band sie ihren Arm ab, und anschließend spritzte sie sich das Heroin in die Vene. Nach kurzer Zeit fühlte sie sich besser.

Noah saß fassungslos daneben und murmelte leise: „Warum?", doch er erwartete keine Antwort.

Nun beugte er sich etwas über sie; da packte sie ihn am Kragen seines Pullovers, zog ihn zu sich aufs Sofa und schließlich begannen beide, sich zu küssen. Sie suchte seine Hosenknöpfe und den Reißverschluss und öffnete beides. Da konnte auch er nicht mehr wiederstehen. Er ließ seine Kleidung fallen. Er küsste sie wild, half ihr beim Ausziehen ihrer Kleidung, knöpfte ihre Bluse auf und öffnete den Verschluss ihres bordeaux-farbenen BHs. Anschließend entfernte er ihr die Haarklammer, welche den strengen Haarknoten zusammenhielt. Auch beim Ausziehen des Rocks half er ihr. Er liebkoste ihre Brüste, küsste ihre Lippen, er fuhr mit seinen Händen durch ihr Haar. Er liebte es so sehr – schon damals. Sie stöhnte voll Erregung und er wusste, dass ihr gefiel, was er tat. Auch sie liebkoste seinen starken, männlichen Körper, und beide gaben sich ihrer Leidenschaft hin.

„Ich liebe dich", tat Luna atemlos kund.

„Ich liebe dich auch", erwiderte er voll Leidenschaft.

Während des Aktes empfanden beide ein lange nicht mehr da gewesenes Glücksgefühl – ja, ein Hochgefühl. Doch der tiefe Fall, ja, der Absturz würde kommen, bei Luna spätestens am nächsten Morgen, wenn die Leidenschaft und die euphorisierende Wirkung des Heroins verpufft waren, das wusste Noah, und er war sich sicher, dass auch Luna es insgeheim wusste. Aber er hatte es nicht geschafft, sie davon abzuhalten, weil er momentan komplett neben sich stand. Noah zweifelte noch daran, ob alles zwischen Luna und ihm wieder wie früher werden würde – dessen war er sich noch nicht sicher. Er genoss jetzt einfach den Moment. Einer Sache war er sich jedoch zu tausend Prozent sicher: Morgen, wenn der Flashback kommen und die euphorisierende Rauschwirkung des Heroins nachlassen würde – dann würde er wieder für Luna da sein können. Solange galt es, den Augenblick auszukosten.

MITTWOCH, 30. JUNI 2010

Am nächsten Morgen war Noah leise, um Luna nicht zu wecken, um 6 Uhr aufgestanden, hatte sich geduscht, seine Haare gewaschen und geföhnt, sich die Zähne geputzt und sich anschließend angezogen. Es hatte sich unglaublich gut angefühlt, wieder neben ihr aufzuwachen.

Eine halbe Stunde später wurde dann auch Luna wach, die unter extremen Entzugserscheinungen litt. Gerade kam Noah ins Wohnzimmer und erblickte sie; sah sie an, sagte jedoch nichts weiter außer: „Morgen!"

„Hey", erwiderte Luna mit schmerzverzerrtem Gesicht.

„Muskelkrämpfe?", fragte Noah.

„Eher Schmerzen in den Knochen, Übelkeit, massives Unbehagen und so weiter. Du kennst das ja sicher noch", stöhnte sie.

„Sicher. Was ist mit deiner Arbeit? Gehst du hin?"

„Muss ich wohl, ich kann nicht schon wieder fehlen – mal ganz abgesehen davon - was soll ich der Gräfin diesmal als Grund nennen? Ich kann ja wohl schlecht sagen, dass ich mir einen Schuss gesetzt habe und deshalb nicht zur Arbeit kommen kann", erwiderte sie.

Das leuchtete Noah ein: „Du hast Recht, Luna. Aber wenn irgendetwas ist, dann rufst du mich bitte an, in Ordnung?"

Es gefiel ihr, dass er sich scheinbar um sie sorgte.

„Natürlich", erwiderte sie daher.

„Ich muss jetzt auch los ", verabschiedete sich Noah.

„Wartest du bitte noch ganz kurz auf mich – du könntest mich mit zum Schloss nehmen, wenn das geht?", bat sie.

Noah schien mit seinen Gedanken gerade woanders zu sein, wie ihr schien. Doch er antwortete: „In Ordnung, mache ich."

Und während Luna sich im Badezimmer frisch machte, ging er zur Nachbarin hinüber, um mit ihr abzuklären, ob Leon an diesem Tag nach der Schule noch bis abends bei ihr bleiben konnte – Ilse Behringer war einverstanden, und Leon war ohnehin sofort Feuer und Flamme.

Noahs Jeep parkte auf dem Kiesboden vor dem Schloss. Beim Aussteigen bemerkten sie auch schon Dominik und Anne, die gerade draußen im Wintergarten ihr Frühstück zu sich nahmen und sich immer wieder küssten. Als die beiden den Jeep erblickten, sprangen sie auf und sahen Luna und Noah entgeistert an.

„Noah, was machst du denn hier?", fragte Anne misstrauisch.

„Luna, was machen Sie in seinem Auto?", wandte sich Dominik von Andrecht zeitgleich an die Hausdame.

Sie ließen sich Zeit – antworteten nicht gleich. Sie hatten den Wintergarten inzwischen zu Fuß erreicht, der nur wenige Meter von der Auffahrt entfernt war.

„Herr von Andrecht – wann, wo und erst recht mit wem ich meine freie Zeit verbringe, geht Sie gar nichts an. Ich wüsste nicht, dass ich Ihnen irgendeine Rechenschaft schuldig bin", erklärte Luna.

„Ich habe Luna zum Schloss gefahren – dass siehst du doch", meinte Noah an Anne gewandt.

Anne sah ein wenig betreten zu Boden und schwieg – auch Dominik wusste nichts mehr zu sagen.

„Also dann, bis später", erwiderte Luna und verabschiedete sich mit einem Kuss von Noah.

„Bis dann", er erwiderte ihren Kuss leidenschaftlich. Anschließend fuhr Noah mit einem mulmigen Gefühl in der Magengegend in seine Kfz-Werkstatt.

Luna servierte der Gräfin gerade ihren Tee: „Bitteschön, einmal einen Rooibos-Vanille-Tee für Sie.
Darf es sonst noch etwas sein?", Lunas ganzer
Körper zitterte sehr, als sie den Tee aus der Porzel-
lan-Teekanne in die Tasse goss.

„Vielen Dank, Luna. Nein, sonst benötige ich erst
einmal nichts mehr. Sagen Sie, geht es Ihnen heute
nicht gut?", fragte Gräfin Dagmar von Andrecht
mit einem wachsamen Blick auf ihre Hausdame.

„Nicht so wirklich. Wahrscheinlich habe ich mir
eine Magen-Darm-Grippe geholt, und außerdem
habe ich seit meinem Sturz Schmerzen beim Lau-
fen. Es ist zwar nichts gebrochen, aber ich habe
eine Prellung", plötzlich fiel Luna ein, dass sie gestern beim Sex mit Noah keinerlei Schmerzen ver-
spürt hatte, aber das war sicher auf die euphorisierende Wirkung des Heroins zurückzuführen, „außerdem wollte ich noch etwas mit Ihnen besprechen. Verstehen Sie das jetzt bitte nicht falsch - ich
liebe meine Arbeit hier auf dem Schloss und ich
nehme sie ernst, sehr sogar. Aber ein alter Freund
von mir braucht dringend meine Hilfe. Er hat einen
kleinen Sohn, den er versorgen muss, und, wissen
Sie, die Mutter seines Sohnes – die zugleich meine
beste Freundin ist – sie ist schwerkrank… und deshalb wollte ich Sie fragen, ob es für Sie in Ordnung

wäre, wenn ich vorerst aus dem Schloss ausziehen und bei meinem alten Freund einziehen würde?", fragte Luna und fügte gleich hinzu, „Sie können sich auf mich verlassen, ich werde stets pünktlich zur Arbeit kommen, und diese so gewissenhaft machen wie bisher!"

„Selbstverständlich ist das in Ordnung. Sie können jetzt gehen, wenn Sie möchten, Anne kann für Sie weitermachen", meinte die Gräfin, und Luna war ihr auch dafür sehr dankbar.

Auf ihrem Zimmer packte Luna schnell einige Sachen, danach verabschiedete sie sich.

„Warum haben Sie das denn nicht gleich gesagt, Luna? Sie wissen doch, für mich hat die Gesundheit meines Personals oberste Priorität. Bitte schonen Sie bitte Ihren Fuß etwas!" ", sagte die Gräfin großzügig. „und natürlich können Sie gerne zu ihrem Bekannten gehen!"

Luna war froh – heilfroh – und ihrer Chefin äußerst dankbar. „Vielen Dank", erwiderte sie daher.

Das war einfacher, als ich gedacht hatte, war sie sichtlich erleichtert und verließ das Grundstück.

Anne war es im Wintergarten zu kalt gewesen, so dass sie etwas früher als Dominik ins Schloss zurückgegangen war. Nun wollte die Gräfin sich von Anne unterhalten lassen – sie genoss ihre Gesellschaft. Da kam auch Dominik aus dem Wintergarten hinüber und fragte mit hochgezogener Augenbrauen, an seine Großmutter gewandt: „Was ist denn mit unserer Hausdame?"

„Sie hat Privates zu regeln."

„Hm", machte Dominik und fügte sogleich hinzu, „ein Glück, dass Anne hier ist."

Dagmar von Andrecht Senior nickte ihm zustimmend zu und Dominik beschloss, ein wenig am Flügel zu spielen.

Luna beschloss, zu Fuß zu gehen, statt sich ein Taxi zu nehmen. Sie schritt den gewundenen Weg, der vom Schloss wegführte, entlang; die frische Luft tat ihr gut. Sie hatte den Kopf voll mit Dominik, Dominik, Dominik – warum tat es ihr bloß so weh, dass er und diese… diese Unterhalterin Anne… ihr schwirrte der Kopf – wie konnte Dominik ihr nur so wehtun?

Während des Spaziergangs, mit ihren Gedanken an Dominik, kam ihr plötzlich die letzte Nacht mit Noah in den Sinn. Die Nacht mit Noah war wunderschön gewesen. Vielleicht konnten Noah, Leon und sie doch wieder eine richtige Familie sein. Sie fasste einen Entschluss, kramte ihr Handy hervor und rief Noah an: „Ich bin es, Luna."

„Geht es dir nicht gut? Was gibt es denn?", fragte Noah höchst besorgt, seine Stimme vibrierte vor Sorge.

„Das möchte ich dir bitte lieber persönlich erklären. Am besten ich komme in deiner Werkstatt vorbei – wenn dir das recht ist, kann ich mit der Bahn in einer halben Stunde da sein...?", fragte Luna.

„Sicher, ich habe momentan ohnehin nur kleinere Aufträge und Wartungsarbeiten, also Inspektionen, zu erledigen – die können auch einmal ein wenig warten", meinte er, und das mulmige Gefühl kehrte wieder in seinen Körper zurück.

„Gut, dann bis gleich", sie legte auf, ehe Noah etwas erwidern konnte. Er wusste einfach nicht, was er fühlen sollte.

Fünfundzwanzig Minuten später war Luna in der Werkstatt angekommen. Sie öffnete ihren Haarknoten und ihre Locken waren wieder da, sie umspielten leicht ihr Kinn.

„Hey", meinte Noah und wandte sich lächelnd zu ihr um, „gut siehst du aus."

„Danke", sie lächelte und fühlte sich geschmeichelt von seinem Kompliment.

„Setz' dich doch bitte", bot er an und klappte zwei Klappstühle auseinander.

Sie nickte dankend und setzte sich, während Noah noch schnell seine Hände säuberte und sich schließlich auf den zweiten Klappstuhl setzte.

„Möchtest du etwas trinken? Ich hätte Roiboos-Vanille-Tee aus der Thermoskanne oder stilles Wasser anzubieten."

„Gerne, ein stilles Wasser, bitte", meinte sie, und er goss ihr selbiges in einen Plastikbecher und reichte ihn ihr: „Hier, bitteschön."

„Dankeschön."

„Was gibt es denn so Wichtiges? Wieso arbeitest du nicht? Ich bin schon ganz gespannt", gab Noah zu und in seinem Inneren fühlte er tatsächlich eine Art kribbelige Aufregung emporsteigen. Ihm wurde abwechselnd heiß und kalt. Er bemerkte, dass auch Luna sehr nervös wirkte, denn sie wippte im Sitzen ständig mit dem Fuß auf und nieder und rieb sich dazu auch noch andauernd die Hände – wobei Noah natürlich wusste, dass die Nervosität Lunas genauso gut eine Entzugserscheinung vom Heroin sein konnte.

„Also ich bin jetzt an einem Punkt angekommen, an dem ich für mich selbst merke, dass ich einfach nicht mehr kann", sagte Luna beinahe tonlos und mit leerem Blick. Noah sah sie ganz genau an, akribisch und mit wachsamem Blick beobachtete er jede ihrer Bewegungen, jede Mimik-Veränderung und jedes noch so winzige Zucken ihrer Muskeln.

„Willst du...", er konnte es nicht in einen Satz packen, weil sein Gehirn sich weigerte, die gehörten Informationen zu verarbeiten, „ich meine, willst du... den goldenen Schuss?", fragte er dann entsetzt.

„Nein", erwiderte sie zu seiner großen Erleichterung.

„Aber was dann? Luna, was ist denn jetzt genau mit dir los? Warum wolltest du mich sprechen? Was geht hier vor?", drängte Noah sie aufgeregt zu einer Antwort und nahm ihre Hände in seine.

„Ich bin aus dem Schloss ausgezogen – ich arbeite noch dort, aber ich wohne nicht mehr auf Schloss Andrecht."

„Warum bist du ausgezogen? Und wo wohnst du jetzt?", wollte Noah sogleich wissen; erst jetzt sah er die schwarze Reisetasche, die sie bei sich trug.

„Dominik und Anne... diese... Liebe... oder was auch immer es ist...", erwiderte Luna beinahe etwas abfällig.

„Ich verstehe – aber wo wohnst du jetzt?", unterbrach Noah sie.

„Ich weiß es noch nicht", gab sie zu, und Noah spürte, dass etwas Unausgesprochenes in der Luft lag.

„Zu Leon habe ich gesagt, dass du eine Freundin der Familie bist… irgendwie kann ich dich verstehen, ich würde es auch nicht ertragen, wenn ich Anne und diesen Dominik die ganze Zeit knutschend vor meiner Nase hätte", Noah machte eine Pause und holte tief Luft.

„Und das heißt?", fragte Luna mit einem Anflug von freudiger Euphorie in der Stimme.

„Von mir aus können wir es vorerst erst einmal so machen, dass du als Freundin der Familie bei uns einziehst – weil ich deine Hilfe brauche – zu viele Aufträge, oder, oder… da lassen wir uns schon etwas einfallen", erklärte Noah.

In ihrer Freude sprang sie vom Klappstuhl auf und umarmte ihn stürmisch.

„Oh, danke, danke, danke, danke, danke! Du bist der Beste!"

Er löste sich sacht aus der Umarmung und nickte: „Der Zweitschlüssel für meine Wohnung liegt unter dem Blumentopf, der vor der Eingangstür steht."

„Alles klar, super, danke!" Luna packte ihre Reisetasche und machte sich auf den Weg zu ihm nach Hause.

Bei Noah zu Hause angekommen, wurde Luna unruhig. Ihr Körper verlangte nach Stoff. Sie zwang sich zu wiederstehen. Als Ablenkung begann sie nervös, Noahs Wohnung zu putzen. Zuerst wischte sie die Fliesen feucht durch, anschließend saugte sie die Teppiche und putze das Badezimmer. Sie reinigte alle sanitären Anlagen und säuberte sämtliche Polster.

Sie fühlte sich schlecht, schlecht und elend. Aber sie musste etwas tun. Sonst würde sie wieder abstürzen. Was sollte sie nur tun? Die Wohnung war nun sauber, und sie beschloss, das Putzen zu beenden. Sie warf einen Blick auf die Uhr – gleich würde Noah Leon nebenan bei Ilse abholen – er war bestimmt schon auf dem Weg. Sie zwang sich mit eisernem Willen dazu, sich jetzt keinen Schuss zu setzen. Aber trotzdem war sie nervös, kalter Schweiß lief ihre Stirn hinab. Sie war so furchtbar unruhig, dass sie durch die ganze Wohnung tigerte.

Endlich vernahm sie, dass sich ein Schlüssel im Schloss herumdrehte, und Leon trat mit seinem Vater ein. Auf dem Weg nach Hause hatte Noah Leon bereits erzählt, dass Luna, die er seinem Sohn ja bereits als „eine alte Bekannte der Familie" vorgestellt hatte, vorerst bei ihnen wohnen würde.

„Ich finde sie ok", hatte Leon kurzerhand gemeint.

Noah gewahrte sofort Lunas Putzerfolg und war angenehm überrascht: „Du hast geputzt?", stellte er verblüfft fest.

„Irgendetwas musste ich doch gegen die Entzugserscheinungen tun – oder?", gab Luna zurück.

Noah nickte – da kam ihm eine Idee, er versuchte Luna etwas abzulenken, damit ihr die Entzugserscheinungen nicht so sehr zusetzten – das hoffte er zumindest. Leon hatte inzwischen seine Jacke und seine Schuhe ausgezogen und war kurz in sein Zimmer gegangen. Danach sollte es Mittagessen geben.

„Es gibt Spaghetti mit Tomatensoße und Salat", meinte Noah, und nachdem alle sich an den Händen haltend das „Piep, Piep, Piep – wir haben uns alle lieb" gesprochen hatten, durfte geschlemmt werden. Nach dem Essen spülte Noah in Windeseile das Geschirr und säuberte nochmals schnell die Küche.

Leon erzählte Luna derweil, was er mit Ilse gespielt hatte. Danach ging er in sein Kinderzimmer und spielte mit seinen kleinen Autos. Nach fünfzehn Minuten kam Leon wieder aus dem Kinderzimmer und fragte, „Darf ich einen Film ansehen?". Noah erlaubte ihm, einen Zeichentrick-Film zu sehen.

Anne hatte sehr viel im Schloss zu tun gehabt: Sie war mit der Gräfin und ihrer Hündin Mimi spazieren gewesen, anschließend hatte sie Dagmar von Andrecht bei ihrem Tee Gesellschaft geleistet und war schließlich noch zu Dominik gegangen, der ihr ein wenig die Welt des Klavierspielens gezeigt hatte. Endlich hatte sie Feierabend! Sie wollte gerade noch ein wenig spazieren gehen, weil sie frische Luft brauchte.

Doch da hielt Dominik sie zurück: „Anne, warte! Also, wenn du nicht zu müde bist, dann würde ich dich gerne ausführen – die Location ist eine Überraschung", meinte er vielsagend und schenkte ihr ein Lächeln.

„Nein, ich bin nicht zu müde und sehr gespannt", erwiderte Anne ebenfalls lächelnd, und er küsste sie zärtlich.

Sie machten sich gemeinsam auf den Weg. Eine halbe Stunde später waren sie vor einer großen Halle angekommen und Anne hatte nicht die leiseste Ahnung, wo sie waren und was Dominik im Schilde führte. Aber sie liebte Überraschungen und war sehr gespannt, was jetzt kam. Am Tor der Halle befand sich eine Klingel; Dominik betätigte diese, und kurze Zeit später öffnete ein Mann das Tor.

Leons Zeichentrick-Film war zu Ende, und die drei beschlossen, einen Spieleabend mit Brettspielen zu machen – Noah war sich sicher, dass dies Luna ablenken würde, und er hoffte, ihr dadurch die Entzugserscheinungen zumindest etwas erträglicher zu machen. Und die Ablenkung würde ihr in jedem Fall auch gut tun – war er überzeugt.

Leon ging in sein Zimmer und suchte einige Brettspiele heraus, die sie dann nacheinander gemeinsam spielten. Beim Spielen lachten und kicherten sie ausgelassen. Der Abend schritt voran und Noah spürte, wie Luna wieder zu zittern und zu schwitzen begann – Entzugserscheinungen, eindeutig, das wusste er. Nachdem sie diese Runde eines Brettspiels beendet hatten und der kleine, schlaue Leon wieder einmal gewonnen hatte, meinte Noah zu seinem Sohn: „Du kannst dann bitte einmal deine Zähne putzen gehen und deinen Schlafanzug anziehen."

„In Ordnung", meinte Leon müde und schlenderte zuerst ins Badezimmer, um seine Zähne zu putzen, und anschließend kam er wieder zu Noah und Luna.

Dominik begrüßte den Mann und schüttelte seine Hand: „Hallo, von Andrecht, mein Name. Wir kennen uns ja bereits."

Der Mann stellte sich Anne als Herr Tannwald vor; Dominik war auf der Suche nach einer Tanzhalle gewesen, die er als Überraschung für Anne gesucht hatte, um ihr so seine Leidenschaft für die Musik etwas näherzubringen. Im Internet war er zufällig auf den Eintrag gestoßen und hatte sich dann über die Telefonnummer im Impressum der Seite sofort mit Herrn Tannwald in Verbindung gesetzt und diesen Termin ausgewählt.

Herr Tannwald war ein grauhaariger, kleinerer Mann, der einen Bart, sowie eine graue Weste, braune Hosen und braune Schuhe trug. Bei ihm kam jeder auf seine Kosten, egal ob Profi-, Laie-, oder Hobbytänzer – egal ob einzeln, im Paartanz oder in Gruppen – hier konnte jeder ungestört für sich ganz nach Bedarf das Tanzbein schwingen. Und sogar seine eigene Musik konnte man mitbringen.

„So, dann wünsche ich Ihnen viel Spaß! Wenn Sie fertig sind, werfen Sie mir den Schlüssel der Tanzhalle einfach in den Briefkasten am Gebäude bitte – das Geld haben Sie ja bereits überwiesen, wie ich gesehen habe", meinte Herr Tannwald und verabschiedete sich. Dominik lächelte und nickte ihm noch einmal zu, ehe er sich wieder voll und ganz auf Anne konzentrierte.

Drinnen legte Dominik seine mitgebrachte CD in den CD-Spieler ein und schaltete diesen ein. Wenige Sekunden später ertönte *Tone Damli* mit *Butter-flies*.

„Darf ich bitten?", fragte Dominik, Anne nickte lächelnd und ließ sich von ihm führen. Sie glitten Arm in Arm zu *Butterflies* von *Tone Damli* über das Parkett.

„Du riechst gut", fand Dominik.

„Danke, ich liebe Düfte über alles... der Duft, den ich heute trage, er ist süßlich", erklärte Anne lächelnd, und Dominik lächelte zurück.

Leon tauchte wieder im Wohnzimmer auf, sein Atem roch frisch, da er seine Zähne geputzt hatte. „Ich brauche Hilfe beim Anziehen", erklärte er; sonst hatte ihm immer Anne dabei geholfen und der Junge vermisste sie – sie und ihre fast schon mütterliche Nähe und Zuneigung, die sie ihm gegeben hatte.

„Ich komme sofort und helfe dir", rief Luna. Leon verschwand wieder in Richtung Badezimmer und sie wollte sich gerade auf den Weg machen; doch Noah hielt sie zurück.

„Erzähl' ihm bloß nichts über seine Mutter, hörst du!", warnte er sie, er hatte seine Stimme gesenkt und hielt sie am Arm fest.

„Das kannst du nicht verhindern – auch nicht, indem du mir wehtust, und das tust du gerade! Also lass mich los!", blaffte sie und riss sich energisch von ihm los. Sie ging ins Badezimmer und half Leon beim Umziehen.

Noah blieb geschockt zurück – wie hatte er nur so sehr die Kontrolle verlieren können? – Er wusste keine Antwort auf diese Frage.

Während des Umziehens begann Luna: „Weißt du, Leon… ich bin ja eine Freundin der Familie und ich kenne deine Mama schon sehr lange, die Mama ist sehr krank, aber ich weiß, dass sie dich sehr, sehr, sehr, sehr liebt…"

Luna strich Leon liebevoll über das Haar und küsste seinen Hinterkopf. Da kam Noah ins Badezimmer gestürmt. Er hatte Mühe, seine Wut unter Kontrolle zu halten, seine angespannten Kiefermuskeln bebten, und kurzzeitig ballte er die Fäuste – dann löste er sie wieder. „So du gehst jetzt ins Bett, mein Pirat", sagte er und da gähnte Leon auch schon.

Noah und Luna gingen mit Leon in sein Zimmer und er legte sich ins Bett.

„Gute Nacht, mein Großer… deine Mama wäre stolz auf dich", meinte Luna und drückte Leon so fest an sich, dass Noah den Eindruck bekam, sie wolle ihn nicht mehr loslassen. Er warf Luna einen gefährlichen Blick zu, dann setzt er sich auf die Bettkante und las Leon noch eine Geschichte vor –

das hatte Anne sieben Jahre lang immer gemacht, doch nun war Anne weg und er war an der Reihe; Luna strich Leon während des Vorlesens übers Haar.

Als Noah die Geschichte zu Ende vorgelesen hatte, sagte Luna zu Leon: „Weißt du, deine Mama, dein Papa und ich, wir waren sehr gut befreundet."

„Seid ihr das immer noch?", fragte Leon wissbegierig.

„Ein wenig. Schlaf jetzt, ja?", wichen Luna und Noah ihm geschickt beinahe gleichzeitig aus und küssten seine Stirn – Noah spürte, dass Luna Leons Nähe sehr genoss. Leon murmelte etwas, dass Luna und Noah nicht verstanden, und dann war er auch schon eingeschlafen; behutsam deckte Luna ihn zu.

Noah beobachtete sie dabei – sie lächelte so schön. Trotzdem war Noah noch immer wütend auf sie. Luna verließ, gefolgt von Noah, das Kinderzimmer, dieser schaltete das Deckenlicht aus; die halbmondförmige Lampe an der Wand neben Leons Bett, die ihm sanftes Licht spendete, hatte er eingeschaltet. Dann zog er leise die Tür hinter sich und Luna zu.

Dominik und Anne waren nach dem Tanzen überglücklich. Sie hatten noch Cocktails getrunken und waren schließlich auf dem Schloss in Dominiks Zimmer gegangen.

„Ich liebe dich, Anne", flüsterte Dominik rau und seine Lippen suchten wild die ihren.

„Ich liebe dich auch, Dominik", hauchte Anne atemlos, voller Leidenschaft und Erregung. Schließlich gaben sich die beiden der sie übermannenden Leidenschaft hin.

Noah und Luna standen sich in der Küche gegenüber. Sie konnte seine Wut förmlich fühlen.

„Sag mal, spinnst du jetzt total? Wie kommst du dazu, ihm etwas über seine Mutter zu erzählen – eine Mutter, die nie für ihn da war?!", brüllte er los, doch dann wurde er leiser, um Leon nicht zu wecken, „eine Mutter, die alles…"

„Ich will ihn aufwachsen sehen. Er ist auch mein Sohn. Ich wollte einfach nur für ihn da sein –, versteh das doch bitte!", unterbrach sie ihn. In ihrer Stimme lag so etwas wie Verzweiflung.

Sie wartete seine Entgegnung nicht ab, sondern nahm ihre Handtasche. Dann ging sie an ihre Reisetasche und holte einen Gürtel heraus, kramte nun das Feuerzeug aus ihrer Handtasche und nahm ihren Schal von der Garderobe, dann öffnete sie die

Haustür und ging wortlos. Das kleine Tütchen mit dem winzigen Rest hatte sie in ihrer Handtasche verstaut. Die Haustür fiel hinter ihr ins Schloss. Noah war wie erstarrt, als sie fort war. Er blickte die ganze Zeit die geschlossene Haustür an.

FREITAG, 02. JULI 2010

Er hatte keinen sonderlichen Appetit gehabt; er war unausgeschlafen an diesem Morgen. In Gedanken versunken hatte er für Leon dessen Frühstück gemacht.

Zwei Tage waren vergangen – zwei Tage, die ihm endlos schienen, zwei Tage, in denen er weder von Luna gehört, noch sie gesehen hatte. Kein Lebenszeichen von ihr – zwei volle Tage nicht. In diesen zwei Tagen hatte er mehrfach versucht, sie zu erreichen – aber immer vergebens. Im Inneren seines Körpers wandte und wehrte sich alles gegen dieses sich aufdrängen wollende Gefühl, dennoch – er schaffte es nicht ganz, die Gedanken zu verdrängen. *War* sie verletzt? *War* sie in der Szene – und wenn ja, *wo? Woher* hatte sie überhaupt das Geld für den Stoff? *War* es überhaupt ihre Absicht, sich weiterhin welchen zu besorgen? *Wenn* sie sich tatsächlich noch Stoff besorgte…, kreisten seine Gedanken zurück, *woher* nahm sie dann das Geld – beziehungsweise, *wie* – oder besser *womit* – bezahlte sie ihren Dealer? Etwa mit… *Diensten…?* Nein, nein, diesen Gedanken konnte und wollte er einfach nicht zu Ende denken.

Noah ging in Leons Kinderzimmer und weckte ihn: „Guten Morgen, mein großer Pirat", Noah strich seinem Sohn über den Kopf und küsste seine Wange.

„Warum ist Luna nicht mehr hier? Erst geht Anne einfach so weg, und jetzt Luna. Anne war wie eine Mama für mich, ich hab nur nie Mama zu ihr gesagt, weil du es nie wolltest – warum geht sie so einfach?", klagte Leon, „und Luna, warum geht Luna so einfach? Weißt du, Papa, ich mag Luna sehr, auch wenn ich sie noch gar nicht solange kenne", erklärte der Kleine. Er wirkte traurig.

Wenn du wüsstest, wie lange du Luna wirklich schon kennst, dachte Noah, und seine Sorge um Luna drängte sich wieder in den Vordergrund seiner Gedanken. Was, *wenn* Luna irgendetwas *Falsches* tat...? Er wusste mit hundertprozentiger Sicherheit, sie würde *alles* tun, um an *Stoff* zu gelangen.

„Hast du Hunger, mein Pirat?", wechselte Noah das Thema, ohne Leons Fragen zu beantworten.

Leon nickte eifrig: „Ein Haferflockenmüsli mit Joghurt und Tiefkühlbeeren bitte, und dazu noch einen Toast – ungetoastet mit Nuss-Nugat-Creme drauf, aber bitte keine Butter unter die Nuss-Nugat-Creme, wie immer, ja?", zählte er auf.

„Alles klar – das habe ich bereits vorbereitet", Noah begann, seinem Sohn das Frühstück zu servieren; anschließend setzte er sich zu ihm an den Frühstückstisch, während dieser fröhlich drauflos schmatzte.

Luna war nun seit zwei Tagen auf der Straße. Früher, als Luna und Noah sich geliebt und sich Schüsse gesetzt hatten, als gäbe es kein Morgen mehr, da hatten beide gemeinsam die ganze Zeit auf der Straße gelebt – aber das war vor Leons Zeit gewesen. Luna erinnerte sich, wenn man auf der Straße überleben wollte, galt es, einige Regeln zu beachten: Wenn man den Grammpreis für Stoff oder den Preis für das Essen nicht zahlen konnte, war es auch möglich, mit sexuellen Gefälligkeiten zu bezahlen. Luna hatte die Dealer oft mit Sex bezahlt, wenn das Geld nicht ausgereicht hatte. Aber manchmal, wenn sie das nicht mehr wollte, hatte sie, dann beispielsweise Leons Spielzeug verkauft. Die Dealer waren nicht zimperlich – entweder man zahlte mit Geld oder mit Sex; wenn man sich beidem verweigerte, dann schlugen die Dealer auch mal zu. Luna wusste das, sie hatte bereits des Öfteren eine blutige Nase, blaue Lippen, ein blaues Auge, oder aber auch schon gebrochene Rippen davongetragen. Aber sie hatte gelernt, damit umzugehen.

Luna saß an einer Mauer, es hatte geregnet und war eiskalt. Plötzlich tauchte ein kleiner, dünner Mann mit blassem Gesicht und zerzausten, dunkelblonden Haaren auf. Er trug eine an den Beinen viel zu weite dunkelblaue Jeans und ein viel zu großes, weißes

Sweatshirt mit schwarzem Schriftzug. Seine Füße steckten in weißen Turnschuhen mit offenen Schnürsenkeln. Auf der Nase trug er eine kleine, schwarze, runde Brille; sein Körper war mit bunten Tattoos und Piercings geziert.

„Hey, ich bin Lu, jedenfalls hier", sie grinste ihn an.

„Freut mich. Ich bin Stitch", er schlug mit ihr ab, Handfläche gegen Handfläche, es knallte.

„Hast du den Stoff?", fragte sie und drehte ihre Hüfte zu ihm.

„Aber sicher doch, wie immer, beste Qualität", er reichte ihr das Tütchen, sie nahm es entgegen und steckte es in ihre Handtasche. Sie fasste ihn an seinem Sweatshirt an, er fasste ihr an die Hüfte und schließlich küssten sie sich. Sie schliefen miteinander, in der dunklen Gasse auf einer Bank. Es gab in dieser Stadt – wie in beinahe jeder Stadt – helle und dunkle Ecken, dies hier war eine der dunklen Ecken, die meist nur Abhängige kannten. Kleinfelde war nun einmal eine Großstadt, die schöne, aber auch dunkle Seiten hatte. In Kleinfelde, gab es durchaus Plätze, die sehr nahe beieinander lagen, aber dann gab es auch wieder Plätze, die außerhalb der Stadt sehr abgeschieden lagen und weiter entfernt waren, dazu gehörten beispielsweise einige Treffpunkte mit Dealern.

Nach dem Frühstück war Leon entschlossen, das Wochenende auf dem Schloss bei Anne zu verbringen. Noah war wenig begeistert, aber er konnte Leon ohnehin fast nie einen Wunsch abschlagen.

„Rufst du Anne bitte selbst an und fragst, ob das in Ordnung geht?", bat er seinen Sohn seufzend, „die Nummer ist in meinem iPhone gespeichert. Du kannst es holen, es liegt auf der Ablage. Und dann musst du einfach…".

Leon grinste. „Papaaaaa, ich weiß doch längst, wie man ein iPhone bedient, die in der Vierten haben fast alle eins."

„Ach so", Noah beobachtete diese Entwicklung mit Sorge. Warum kaufte man so jungen Kindern ein iPhone? Etwa um die Abhängigkeit zu fördern? Wohl kaum. Oder damit man als Elternteil seine Ruhe hatte, wenn die Kinder mit dem Ding spielten? Wenn Eltern allerdings ihre Ruhe haben wollten, warum hatten sie dann überhaupt Kinder gezeugt? Noah wurde einfach nicht schlau aus diesen Leuten.

„Hallo Anne, ich bin es, Leon", meldete sich Leon, nachdem sie dran gegangen war.

„Leon, mein großer Pirat, wie geht es dir?"

Leon hörte Annes Freude; sie klang überrascht und das gefiel ihm: „Mir geht es super, Anne. Ich freue mich so, deine Stimme zu hören. Weißt du, du fehlst mir so sehr, du bist nämlich wie eine Mama für mich", erklärte Leon. Er fuhr sofort fort, „darf ich dich heute im Schloss besuchen kommen? Biiiitttttteeeeeee", bettelte er.

Anne hatte ihr Handy auf Lautsprecher gestellt, so dass Dominik mithören konnte – die beiden hatten sich geschworen, keine Geheimnisse voreinander zu haben. Anne blickte Dominik lächelnd an. Dieser lächelte ebenfalls, nickte und sagte: „Von mir aus gerne – und Großmutter liebt Kinder ohnehin sehr, sie hat mit Sicherheit nichts dagegen, wenn er uns besuchen kommt."

„Von mir aus kannst du sehr gerne vorbeikommen", erwiderte Anne.

„Gut, bis gleich. Ich hab dich lieb!"

„Ich hab dich auch lieb", entgegnete Anne, und Leon legte auf.

„Papa, Anne hat gesagt, dass ich gleich vorbeikommen kann, und Dominik freut sich auch", erklärte Leon freudig – sehr zu Noahs Missfallen!

„Das ist doch wunderbar", sagte Noah dennoch; er wollte seinem Sohn nicht die Freude verderben, nur weil er eifersüchtig war. Daher fuhr er Leon gleich zum Schloss.

Sein Sohn freute sich total und war ganz aufgeregt. Sie stiegen aus dem Jeep, und Leon rannte die Stufen hinauf bis zum Eingang, wo er die Klingel betätigte. Zu Noahs großen Erstaunen öffnete nicht die Hausdame Luna die Haustür – nein, die Gräfin Dagmar von Andrecht Senior kam persönlich. Noah hatte ein ganz ungutes Gefühl… insgeheim hatte er – wie er sich eingestehen musste - gehofft, Luna hier anzutreffen.

„Guten Tag, Frau von Andrecht, mein Sohn Leon möchte Anne besuchen", erklärte Noah. Da erschienen Anne und Dominik auch schon Arm in Arm hinter der Gräfin im Türrahmen. Anne ließ Dominik los und umarmte Leon fest.

„Anne, ich bin so froh, dich zu sehen!", rief Leon voller Freude.

„Ich freue mich auch sehr, wir machen etwas ganz Schönes", versprach Anne ihm und drückte ihn an sich.

„Und ich bin Dominik, du kennst mich doch noch, oder?"

Leon nickte heftig vor Freude und lächelte Dominik an; in Noah wuchs das Unbehagen. Leons Blick fiel auf den Flügel im Goldenen Saal, denn die Türen dorthin standen ein wenig offen, sodass man in den Raum hineinsehen konnte.

„Boah, ist das ein schöner Flügel. Darf ich auch einmal darauf spielen?", fragte Leon bewundernd.

„Ja, aber sicher, sehr gerne", erwiderte Dominik lächelnd.

„Aber mach' bloß nichts kaputt, hörst du?", ermahnte Noah seinen Sohn; es fehlte ihm gerade noch, dass er diesem Dominik irgendetwas schuldig war.

„Wir passen schon gut auf", versicherte Anne.

„Ich komme in einer Stunde wieder und hole dich ab – wäre das in Ordnung?", fragte Noah alle Anwesenden. Anne und Dominik sowie die Gräfin – und natürlich allen voran Leon – waren einverstanden.

Dominik verschwand mit Leon in Richtung Flügel, wo der kleine Junge gleich Platz nahm. Er zeigte ihm ein paar einfache Handgriffe, die der Junge sofort nachmachte.

„Das macht Spaß!", strahlte Leon freudig und übte noch ein bisschen mit Dominik am Flügel.

Bevor er das Haus verließ, wandte sich Noah noch an die Gräfin: „Sagen Sie, Frau von Andrecht Senior, wissen Sie zufällig, wo Ihre Hausdame sich momentan aufhält?"

Anne war überrascht: „Was möchtest du denn von Luna?"

„Ich kenne sie von früher, eine Bekannte der Familie", erklärte Noah, „aber ich habe sie seit zwei Tagen nicht mehr gesehen und mache mir Sorgen."

„Das stimmt, sie war auch zwei Tage nicht mehr hier", schaltete sich die Gräfin ein, „sie hat irgendetwas erzählt, dass jemand Hilfe bräuchte, aber Genaueres weiß ich auch nicht."

„Woher kennst du Luna?", wollte Anne sofort von Noah wissen; ihre untrügliche weibliche Intuition verriet ihr, dass hier irgendetwas nicht stimmte.

„Sie ist eine Bekannte der Familie, wie gesagt", wich Noah allen weiteren Fragen aus, verabschiedete sich und wiederholte noch einmal, dass er Leon in einer Stunde abholen würde. Dann stieg er in den Jeep und fuhr los – in die Szene, um Luna zu suchen.

Die Gräfin schritt weiter in den Goldenen Saal.

„Er spielt großartig, Großmutter", meinte Dominik.

„Oh ja, ein Naturtalent – das sieht man sofort", stimmte sie zu.

Noah kannte die alten Plätze noch immer. In der Szene angekommen, wusste er daher, wo er nach ihr zu suchen hatte. *Bestimmt saß sie an der Mauer,*

an der sie beide früher immer gemeinsam saßen. Und tatsächlich, da saß sie und schlief.

Er berührte sie leicht an der Schulter: „Hey, Lu, aufwachen!"

Erschrocken wachte sie auf und sah ihn verdutzt an.

„Nicht erschrecken, ich bin es nur, Noah."

„Was willst du denn hier?"

„Na, was wohl? Dich nach Hause holen. Wir sind doch eine Familie. Und wir kriegen das sicher schon irgendwie wieder hin – wie, weiß ich noch nicht – aber irgendwie. Leon freut sich auch sehr, dich zu sehen, ich habe eingesehen, dass er dich braucht – vorerst als Bekannte der Familie, aber er braucht dich. Er hat gerade erst Anne verloren. Sie sehen sich zwar, aber das ist doch nicht dasselbe wie sieben Jahre Zusammenleben. Und er möchte dich nicht auch noch verlieren. Als du nach unserem Streit verschwunden warst, da war er total traurig; er will dich nicht verlieren. Also von mir aus – lass' es uns noch einmal versuchen – dass du wieder bei uns wohnst – irgendwie schaffen wir das schon", redete Noah auf sie ein.

„Also schön – von mir aus, für Leon", stimmte sie ihm zu, nahm ihre Tasche und stand auf. Er stützte sie, half ihr beim Einsteigen in den Jeep und gemeinsam fuhren sie zur Wohnung.

Dort angekommen, ging Luna erst einmal duschen und zog sich um. Noah räumte ihre Tasche zur Seite, als zufällig ein kleines Tütchen herausfiel; Noah entdeckte es sofort. „Verdammt!" murmelte er.

Eine Viertelstunde später trat Luna, ein Handtuch auf dem Kopf, eines um ihren Körper geschlungen, wieder aus dem Badezimmer.

Noah erwartete sie schon mit verschränkten Armen. Dann hielt er ihr das Tütchen entgegen. Sein Blick war ernst.

„Ich brauchte das, nach unserem Streit – aber keine Sorge, ich habe alles unter Kontrolle", wollte Luna sich verteidigen.

Noah zweifelte daran, plötzlich wurde ihm klar, dass der ganze Mist wieder von vorne begann. Beim ersten Mal hatte er völlig falsch gehandelt: „Verdammt nochmal, lass' dem Scheiß! Wir sind doch auf dem besten Wege, von vorne anzufangen, verdammt, was machst du…?", brüllte er sofort los und ließ sie nicht einmal antworten: „Wie hast du ihn denn bezahlt? Etwa mit Sex? Oder mit Geld? Oder mit Leons Spielzeug, wie früher…? Du hättest damals ja sogar deinen eigenen Sohn verkauft…", brüllte er, verstummte dann jedoch, als er merkte, wie ungeheuerlich seine Unterstellung war.

„Ich habe damals sein Spielzeug verkauft, um an Stoff zu kommen, ja. Das gebe ich zu. Aber mein Kind, das kann nicht dein Ernst sein?!", in Lunas

Augen glitzerten Tränen, das Handtuch rutschte ihr von den Haaren, sie bemerkte es nicht einmal, so schockiert war sie. Da flossen auch schon die Tränen ihre Wangen hinab.

„Du hast mir damals einfach so oft versprochen, dass du es schaffst – nach jedem Entzug in der Klinik von Dr. Eric Sander und…", er verstummte, wischte sanft mit seinen Daumen die Tränen weg und sah sie an: „Es tut mir leid, ich habe gerade total überreagiert, aber ich habe das gerade nicht so gemeint – ich weiß doch auch nicht, was los war", rechtfertigte er sich, nachdem ihm klargeworden war, wie übersteigert seine Unterstellung war.

„Ich verstehe, dass das alles nicht einfach für dich ist, vergessen wir einfach, was gerade war, ok?"

„Ok, vergessen wir den Streit", hauchte Noah und suchte wild ihre Lippen, auch sie suchte die seinen. Das Handtuch rutschte herunter, als er wild ihren Körper umarmte, ihre Brüste streichelte und küsste. Es gipfelte in leidenschaftlichem und wildem Versöhnungssex.

Leon durfte im Schloss alles erkunden. Dominik und Anne zeigten ihm sämtliche Räume und anschließend kochten sie in der Schlossküche gemeinsam Vanille-Pudding.

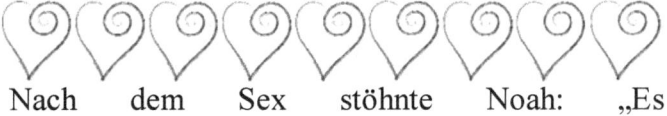

Nach dem Sex stöhnte Noah: „Es war…fantastisch!"

„Das fand ich auch", erwiderte Luna.

Noahs Blick fiel auf die Uhr: „Mist, schon so spät! Ich muss Leon abholen, er ist bei Anne auf dem Schloss", Noah schlüpfte hektisch wieder in seine Kleidung.

„Ich warte besser hier, ok?"

„Ok", erwiderte Noah und machte sich auf den Weg zum Schloss, während auch Luna sich anzog und begann, die Wohnung ein wenig aufzuräumen.

Am Schloss angekommen, klingelte Noah. Die Gräfin öffnete die Tür.

„Guten Tag! Ich wollte meinen Sohn abholen", sagte Noah. Die Gräfin bat ihn herein und führte ihn zu Anne, Leon und Dominik in den Goldenen Saal, wo Leon schon wieder fleißig Klavier übte.

„Hallo, mein Schatz!", begrüßte er sein Kind und entschuldigte sich: „Es tut mir leid, dass ich zu spät bin."

„Ach, Papa, dass macht mir gar nichts, ich habe nämlich Klavier gespielt, das ist soooooo toll", tat Leon kund.

„Ihr Sohn ist ein echtes Naturtalent, Sie sollten einmal über Unterricht nachdenken", schlug Dominik vor.

Wenn ich so viel Geld hätte wie du, dann würde ich das mit Sicherheit tun – reicher Schnösel und Herzensbrecher, dachte Noah genervt. Laut entgegnete er jedoch: „Ich werde mal sehen, was ich tun kann", und lächelte aufgesetzt.

„Tschüss", verabschiedete sich Leon nun artig und umarmte Anne fest.

„Tschüss, du Pirat", Anne hielt ihn für einen Moment ganz fest.

Auch Dominik und die Gräfin verabschiedeten sich von Noah und dem Kleinen.

„Du kannst jederzeit wieder zum Klavierspielen vorbeikommen", bot Dominik an, und Leon nickte voller Freude. Dann stieg er mit seinem Vater in den Jeep.

„Anschnallen, zu Hause wartet eine Überraschung auf dich!", lächelte Noah seinen Sohn an und fuhr, nachdem dieser sich angeschnallt hatte, los.

„Oh ja!", strahlte Leon, die Freude war ihm anzusehen, und Noah tat es gut, seinen Sohn so glücklich zu sehen. Während der Fahrt lief im Autoradio *Take Care* von *City and Colour* – ein Lied zum Entspannen, wie Noah fand.

Zuhause angekommen, schloss Noah die Haustür auf und Leon stürmte hinein. Er erblickte Luna, die neben der Küchenzeile stand.

„Luna, du bist wieder da!", rief er freudig und umarmte sie stürmisch.

„Ich bin so froh, dich zu sehen", Luna hielt ihn ganz fest.

„Bleibt Luna jetzt für immer bei uns?", Leon drehte sich zu seinem Vater um.

„Von mir aus", antwortete Noah.

„Ja, ich bleibe für immer hier", erwiderte Luna. Luna und Noah umarmten sich lächelnd, schließlich holten sie auch Leon in ihre Umarmung und drückten ihn fest an sich. Luna strahlte vor Glück und auch Noah und Leon waren glücklich. Nun standen sie da und hielten sich fest in den Armen – fast, wie eine richtige Familie.

MITTWOCH, 02. FEBRUAR 2011

In den letzten sieben Monaten waren Noah, Luna und Leon stärker zusammengewachsen denn je. Leon genoss Lunas Nähe, und er fragte viel seltener nach Anne; natürlich besuchte er Anne hin und wieder, aber auch diese Besuche waren seltener geworden und Luna schien langsam aber sicher Annes Platz einzunehmen – auch Noah ließ das jetzt immer mehr zu. Selbst die Streitigkeiten zwischen Luna und Noah waren abgeebbt, und er schien sie wieder als Frau an seiner Seite zu akzeptieren. Seine Bedenken, was Lunas Heroinsucht anging, waren in der letzten Zeit zurückgegangen. Sie griff immer mal wieder zu den Tütchen – aber er war sicher, ja mehr noch – er war felsenfest davon überzeugt, dass es diesmal nicht so schlimm enden würde – er musste diese Überzeugung einfach haben – er musste einfach glauben, dass diesmal alles gut gehen würde. Sonst würde er das nicht noch ein weiteres Mal schaffen.

Luna wachte auf, trat ans Fenster und ließ ihren Blick hinaus schweifen. Es war um einiges kälter geworden und der Schnee überdeckte pudernd die Landschaft in seiner vollen Schönheit. Luna gefiel der Schnee, aber die Kälte des Winters mochte sie nicht sonderlich. Sie fror einfach zu schnell, und wenn sie erst einmal anfing zu frieren, dann fror sie entsetzlich, und so schnell wurde ihr dann auch nicht wieder warm.

Dann trat sie in die Küche, wo Noah bereits fleißig hantierte.

„Guten Morgen!", rief sie. Leon hatte sich Rührei mit Würstchen gewünscht, und natürlich gaaanz viel Senf dazu.

„Guten Morgen", erwiderte Noah und fragte sogleich, „gut geschlafen?"

„Ja, und du?"

„Ich auch. Unser Pirat schläft wohl noch, kannst du ihn bitte wecken?", bat er und küsste sie.

„Sicher!" Sie erwiderte seinen Kuss zärtlich, machte sich kurz im Badezimmer frisch, zog sich um und ging schließlich ins Kinderzimmer, um Leon zu wecken.

„Guten Morgen, großer Pirat!", sie strich ihm zärtlich über das Haar.

„Guten Morgen, Luna", murmelte Leon verschlafen und rieb sich die Augen. Anschließend krabbelte er aus dem Bett und trabte neben Luna in die Küche.

„Hast du gut geschlafen?", erkundigte sich Noah und drückte seinen Sohn an sich.

„Ja, und wie!", Leon nickte kräftig, dann gab er seinem Vater einen Wangenkuss.

„Das Essen ist gleich fertig, ihr könnt euch schon einmal die Hände waschen gehen", meinte Noah. Leon folgte seiner Anweisung, während Luna, die gerade erst im Bad gewesen war, den Tisch deckte. Noah servierte das Essen. Als das *„piep-piep-piep"* gesprochen war, begannen sie zu schlemmen.

„Was steht denn heute in der Schule so an?", fragte Noah.

„Nicht viel, wir haben heute früher aus, weil wohl ein wichtiges Elterngespräch ansteht, bei dem all unsere Lehrerinnen und Lehrer sind, aber die Lehrer haben uns Aufgaben gegeben, die wir mithilfe der Schulbücher zu Hause machen sollen", erzählte Leon.

„Oh, davon hast du ja noch gar nichts erwähnt", stellte Noah erstaunt fest.

„Ja, wir haben das auch erst gestern erfahren, und gestern habe ich irgendwie vergessen, es zu erzählen", gab Leon kleinlaut zu.

„Nicht so schlimm, Schatz. Wann habt ihr denn aus?", wollte Noah nun wissen.

„Schon um 10 Uhr."

„Hm", Noah und Luna überlegten.

„Ich habe einen wichtigen Kunden", meinte Noah.

„Und im Schloss findet heute Nachmittag ein wichtiges Essen statt. Ich soll mit Anne den Vormittag über die Vorbereitungen für dieses Essen treffen. Da kommen wohl Grafen und jede Menge wichtige Leute aus der ganzen Region, wenn ich die Gräfin richtig verstanden habe", entgegnete Luna.

„Dann laufe ich eben alleine nach Hause! Ich passe auf und laufe immer auf dem Gehweg", schlug Leon vor.

Luna und Noah sahen sich an und nickten. „In Ordnung", stimmten beide schließlich zu.

Nachdem sie zu Ende gefrühstückt hatten, half Luna Leon beim Anziehen. Anschließend spülte sie das dreckige Geschirr und begann, die Küche aufzuräumen.

„Wir fahren los, in die Schule. Danach fahre ich in die Werkstatt zu meinem Kunden", rief Noah in die Küche.

„Alles klar. Ich bin hier auch gleich fertig mit Putzen. Danach fahre ich sofort zum Schloss und helfe bei den Vorbereitungen."

Noah und Leon nickten und fuhren zur Schule.

Graf Rudolf von Andrecht kehrte gerade von seinem Italien-Aufenthalt zurück. Nun hatte er sich vorgenommen, seine Familie einmal wieder persönlich zu besuchen. Per SMS hatte er von seinem Sohn Dominik erfahren, dass seine Ansichtskarten alle angekommen waren. Die Nachbarländer Deutschlands hatte er bereits mit seinem alten Auto passiert, nun erreichte er die deutsche Grenze. Er ließ die Autoscheibe herunter und zeigte den Grenzbeamten seinen Ausweis. Die Beamten, die in der kalten Winterluft froren und offenbar wenig Lust zu ausführlichen Kontrollen hatten, ließen ihn passieren und nickten ihm zu, mit seinem Ausweis war alles in Ordnung. Nach der Kontrolle fuhr er noch vier Stunden, dann endlich war er kurz vor seinem Ziel, Schloss Andrecht, angekommen. Er nahm die Sonnenbrille ab, ließ trotz des Schnee-Wetters die Fensterscheiben ganz nach unten und drehte das Autoradio voll auf, dort liefen gerade *The Killers* mit *Human*. Bei diesem Lied konnte er einfach wunderbar entspannen. In der Kurve kurz vor dem Schloss strich er sich eine Haarsträhne aus dem Gesicht, als da plötzlich ein kleiner Junge wie aus dem Nichts auftauchte – er versuchte alles, aber er schaffte es nicht mehr rechtzeitig zu bremsen und erfasste den Jungen mit voller Wucht. Der Wagen schleuderte, rutschte auf der glatten Fahrbahn und kam zum Stehen. Doch der kleine Körper wurde umgestoßen und prallte auf der Fahrbahn auf, wo er bewusstlos im dreckigen Schnee liegen blieb.

Als die beiden das Haus verlassen hatten, begann Luna, im Wohnzimmer zu putzen; nebenbei hatte sie den Fernseher angestellt und schaute die Nachrichten. Dabei stellte sie fest, dass es außer Gewalt, Kriminalität und Drogen offenbar wenig Interessantes zu berichten gab… traurig eigentlich… Aber noch trauriger war die Tatsache, dass sie wieder dieses Zeug brauchte, um ihr Leben zu gestalten. In Wahrheit – das wusste auch Luna – brachte man damit nichts in Ordnung, man gestaltete damit auch nichts, man fühlte sich hinterher nur elend und verlor dadurch beinahe alles. Das hatte sie gelernt; aber trotzdem – ganz ohne den Stoff, das schaffte sie nicht. Dominiks Abweisungen saßen dazu immer noch zu tief. Und das hatte auch das neue Leben an Noahs Seite nicht ganz heilen können bisher. Aber sie war sicher: Irgendwann würde sie es ganz ohne die „warme Decke" schaffen, zu hundert Prozent.

Gerade wollte sie sich einen Schuss setzen, als ihr schwindelig und übel wurde. Sie beschloss, sich etwas hinzulegen, sich auszuruhen und heute auf die Droge zu verzichten – das nahm sie sich felsenfest vor, auch weil sie wusste, Noah würde stolz auf sie sein!

Graf Rudolf von Andrecht stürzte aus dem Wagen und sah nach dem Jungen, aber er hatte Angst, ihn anzufassen.

Stattdessen holte er sein iPhone hervor und rief einen Krankenwagen: „Hallo, hier wurde gerade versehentlich ein Junge angefahren, in der Kurve, die zu Schloss Andrecht führt!"

Am anderen Ende der Leitung versicherte man ihm, dass sich ein Krankenwagen sofort auf den Weg zum Unfallort machen würde; auf weitere Nachfragen gab er an, keine Auskünfte geben zu können, da er den Unfallhergang selbst nicht gesehen, sondern lediglich den verletzen Jungen vorgefunden hätte.

Nachdem er aufgelegt hatte, öffnete er den Kofferraum seines Wagens und wühlte darin herum; schließlich fand er, wonach er gesucht hatte: Eine Rolle Klebeband und einen alten Schlauch. Dann hängte er die eine Schlauchöffnung an den Auspuff, die andere führte er durch die etwas heruntergelassene Fensterscheibe. Von außen dichtete er alles sorgfältig mit dem Klebeband ab, dann stieg er über die Beifahrerseite wieder ein und rutschte auf den Fahrersitz. Hektisch dichtete er auch von innen noch alles mit dem Klebeband ab. Dann ließ er den Motor wieder an. Jetzt saß er seelenruhig in seinem Wagen und dachte an gar nichts mehr. Schließlich schlief er ein. In weniger als elf Minuten war er tot, noch bevor der Krankenwagen für den Jungen eintraf.

Wenige Sekunden nach seinem Tod traf der Krankenwagen ein. Die Ärzte untersuchten Leon und den Fahrer des Wagens sofort; bei Leon stellten sie einige Prellungen und eine leichte Gehirnerschütterung fest, zur Sicherheit würden sie ihn mit ins Krankenhaus nehmen. Bei dem Fahrer des Wagens konnten sie nur noch den Tod feststellen. Als Todesursache wurde ein Suizid durch eine Kohlenstoffmonoxid-Vergiftung diagnostiziert.

Die Polizei, die zeitgleich mit den Sanitätern am Unfallort eintraf, versuchte, den Unfallhergang zu rekonstruieren, was ohne weitere Zeugen sehr schwierig war. Das Opfer zu befragen war unmöglich, da der Junge noch völlig benommen war. Doch er war in der Lage, seinen Namen und den seines Vaters zu nennen, was die Polizisten sich notierten. Noahs Adresse und Telefonnummer herauszufinden war demnach für die Polizisten eine Kleinigkeit.

Anschließend luden die Sanitäter Leon in den Krankenwagen und fuhren mit ihm ins nächstgelegene Krankenhaus. Dort angekommen, wurde Leon weiter untersucht; seine Prellungen waren bereits im Krankenwagen versorgt worden. Nun führten die Ärzte zunächst noch eine Computertomographie und danach auch noch eine Magnetresonanztomographie durch, da man mit diesen Methoden die bestmöglichen Blickwinkel auf Leons Kopf und somit auch auf mögliche Verletzungen desselbigen hatte. Das Ergebnis der beiden Untersuchungen zeigte deutlich, dass keine massiven Verletzungen, oder gar Blutungen vorlagen, aber Leon hatte eine leichte Gehirnerschütterung, so dass ihm ein Schmerzmittel verabreicht wurde.

„Wann kann ich nach Hause?", fragte er kleine Junge.

„Du hast einige Prellungen, die bereits gut versorgt sind, aber auch eine leichte Gehirnerschütterung. Deshalb musst du wohl noch ein bis zwei Nächte zur Beobachtung hier im Krankenhaus bleiben", erklärte der Arzt, dessen Schild an seiner Brust ihn als Dr. Peer Hardenstein auswies. Dr. Hardenstein war ein netter und erfahrener älterer Arzt, er trug eine dünne, randlose Brille, hatte kurzes, aschblondes Haar und war eher hager und groß.

„Hm", machte Leon, wenig begeistert.

„Die Polizei hat deinen Vater schon verständigt. Er ist auf dem Weg", sagte Dr. Hardenstein.

Luna hatte es, trotzdem sie sich noch hingelegt hatte, pünktlich zum Schloss geschafft; Anne und sie waren gerade dabei, die Platten mit Broten, auf denen sich die verschiedensten Beläge wie zum Beispiel Scheiben- oder Schmierkäse, Wurst, Marmelade,
oder auch Kräuter-Knoblauch-Creme befanden, vorzubereiten. Beim Aufdecken hatten die beiden eine Menge Spaß; sie lachten und amüsierten sich prächtig.

„Luna…", begann Anne, „wir sind doch jetzt schoin so lange Kolleginnen – wäre das „du" dann nicht okay?"

Luna stimmte zu.

„Weißt du was, Luna… ich würde Dominik gerne mit etwas überraschen – wäre es für dich in Ordnung, wenn wir ein gemeinsames Selfie machen? Ich würde es Dominik gerne schicken!"

In Luna stieg ein unwohles Gefühl auf, dennoch stimmte sie zu. Nachdem das Foto gemacht worden war, ergänzte Luna: „Ich würde auch gerne jemanden mit diesem Foto überraschen, könntest du es mir bitte schicken?"

Sie gab Anne ihre Handynummer und kurz darauf meldete eine leise Melodie, dass eine WhatsApp angekommen war.

„Danke", erwiderte Luna und schickte das Foto sofort weiter an Noah, versehen mit der Bildunterschrift: *Sind sie nicht schön – deine beiden Damen?!*

Welche beiden Damen? Für mich gibt es nur eine Dame, schrieb er zurück, und Luna fragte sich, wen er wohl damit meinte. Ihn selbst würde sie das jedoch nicht fragen…

Noah war gerade in einem Kundengespräch, der Kunde wollte sich unverbindlich zum Kauf eines Autos von ihm beraten lassen. Er war gerade mitten in den Erklärungen, als sein iPhone plötzlich klingelte.

„Möwald", meldete er sich.

„Hier ist Polizeimeister Ferdinand Schäfer vom Revier Kreisroda. Sie sind der Vater von Leon Möwald?"

„Ja, Noah Möwald, ich bin der Vater von Leon Möwald. Ist etwas mit meinem Sohn?", wurde Noah sogleich hellhörig. Seine Stimme vibrierte vor Sorge.

„Ihr Sohn wurde angefahren und liegt im Krankenhaus."

„Ist er schwerverletzt? Wie geht es ihm? Ich komme sofort!", Noahs Worte überschlugen sich.

„Es geht ihm den Umständen entsprechend gut. Nein, er ist nur leicht verletzt. Eine leichte Gehirnerschütterung, leichte Prellungen und Schürfwunden, meinen die Ärzte", beruhigte ihn Schäfer und Noah legte auf, um sich sofort auf den Weg zu seinem Sohn zu machen. Der Kunde hatte dafür selbstverständlich Verständnis.

Die Platten waren angerichtet, als es auch schon an der Haustür klingelte – die ersten Gäste trafen ein! Sie wurden in der Eingangshalle von der Gräfin persönlich begrüßt; die Garderobe wurde den eingetroffenen Grafen und ihrer jeweiligen Begleitung abgenommen und alle wurden von Luna oder Anne mit einem Glas Champagner und herumgereichten Häppchen versorgt.

Als alle eingetroffen waren, hielten zuerst Dagmar von Andrecht Senior und schließlich auch Dominik von Andrecht Junior eine kurze Rede; danach sollte eigentlich getanzt werden und Luna war gerade dabei, den CD-Player einzuschalten und eine CD einzulegen, als Dominik nochmals gegen sein Glas schlug. Alle Gespräche verstummten und man wandte sich zu ihm um.

Er bahnte sich seinen Weg zu wischen den Gästen hindurch zu den Angestellten, fand Anne und zog sie sanft am Arm zu sich. Dann ging er vor ihr auf die Knie: „Ich möchte diese Gelegenheit nutzen, jetzt, wo so viele Menschen erschienen sind, um Zeuge zu sein, wenn ich eine ganz wundervolle Frau etwas fragen werde – etwas, das alles verändern wird", er machte eine kurze, bedeutungsvolle Pause, dann fuhr er fort, dabei hielt er Annes Hände immer noch in seinen, „Anne Köster, du bist das Beste, was mir je passiert ist. Ich liebe dich, wie ich noch nie zuvor einen anderen Menschen geliebt habe. Ich möchte jeden Morgen neben dir aufwachen und keine einzige Sekunde meines Lebens mehr ohne dich sein – und deshalb frage ich dich, Anne Köster, möchtest du meine Frau werden?"

„Ja, ja, ja, ich will!", Anne konnte ihre Freude kaum fassen. Er stand auf und sie umarmte ihn ganz fest.

Als beide sich aus der Umarmung lösten, trat die Gräfin hinzu und sagte strahlend: „Na endlich! Ich freue mich so sehr, dass ihr heiraten werdet! Ihr passt einfach so gut zusammen! Anne, komm' her, lass' dich drücken", die Gräfin umarmte Anne, „herzlich willkommen in der Familie von Andrecht, Anne!"

„Vielen Dank…", wollte Anne gerade ansetzen, als die Gräfin sie gleich wieder unterbrach: „Und da wir nun eine Familie werden – wie wäre es, wenn wir uns duzen? Ich bin Dagmar", bot sie ihr das *„Du"* an.

„Sehr gerne", Anne strahlte Dagmar an und schüttelte ihre Hand.

Dann wandte sich die Gräfin um und gab Luna die Anweisung, die Musik nun einzuschalten: „Jetzt darf getanzt werden!", forderte sie ihre Gäste lächelnd auf.

Luna stand da, wie erstarrt. Alles lief mechanisch ab, sie nahm nicht mehr wahr, was um sie herum ablief, sie sah alles durch einen Tränenschleier und alle Gespräche hörte sie nur noch gedämpft. Sie beherrschte sich unter mühsamer Anstrengung und kämpfte mit aller Kraft gegen die aufsteigenden Tränen und das Gefühl des Erstickens – so schwach sollte Dominik sie auf gar keinen Fall sehen! Das gönnte sie ihm nicht! Sie schaltete die Musik ein, dann wandte sie sich an die Gräfin: „Mir geht es nicht so gut, kann ich einige Minuten nach draußen, an die frische Luft gehen?"

„Natürlich", erwiderte die Gräfin.

Anne war nach oben gegangen, um ihrer Mutter die frohe Neuigkeit zu berichten.

Nach einigen Sekunden hob Patrizia Köster ab: „Anne, Liebes, Schätzchen, schön, dich zu hören!", wurde sie von ihrer Mutter voller Freude begrüßt.

„Mama, ich freue mich auch, deine Stimme zu hören. Wie geht es dir? Hast du viel zu arbeiten? Ich muss dir dringend etwas erzählen!", sprudelte es freudig aus Anne heraus.

„Mir geht es gut, im Augenblick habe ich viel zu arbeiten, ja. Aber ab Ende Februar wird es ruhiger. Wollen wir uns...", Patrizia begann nebenbei in ihrem Kalender zu blättern, „...wir könnten uns am 22. Februar bei dir treffen und dann einen Kaffee trinken gehen?", schlug Patrizia vor; sogleich fuhr sie fort, „da fällt mir ein, ich kann eigentlich ein wenig Urlaub vertragen – ich könnte ein paar Tage, vielleicht bis Anfang März bleiben, wenn du möchtest?"

„Sehr gerne, Mama. Dann werde ich dir auch jemanden vorstellen!", kündigte Anne verheißungsvoll an.

„Das klingt ja spannend. Wie geht es Noah?"

„Tja... soweit ich weiß, gut. Noah und ich haben uns nämlich getrennt, weißt du? Ja, hier ist eine Menge passiert in der letzten Zeit...Du weißt ja, ich arbeite jetzt in einem Schloss – als Unterhalterin für die Gräfin Dagmar von Andrecht Senior. Mein Job macht mir sehr viel Spaß und ich habe eine Menge netter Leute kennengelernt."

Patrizia war einen Moment lang sprachlos, dann unterbrach sie ihre Tochter: „Noah und du, ihr habt euch getrennt??? Und was ist mit Leon?"

Nicht nur, dass Anne die vergangenen sieben Jahre wie eine Mutter für den Jungen gewesen war, auch Patrizia war das Kind sehr ans Herz gewachsen, obwohl es nicht ihr leiblicher Enkel war.

„Ja, Mama, aber das ist wirklich nicht schlimm für mich, denn wie gesagt, ich werde dir dann jemanden vorstellen. Zu Leon habe ich auch immer noch ab und zu Kontakt", versuchte Anne, ihre Mutter zu beruhigen, „aber auf Schloss Andrecht habe ich den Mann fürs Leben gefunden – Dominik von Andrecht heißt er. Aber mehr erzähle ich dir dann, wenn wir uns sehen, in Ordnung?"

„Na, da bin ich aber wirklich gespannt! Dass du mich jetzt so auf die Folter spannst… Ich freue mich schon sehr – ich bin schon ganz gespannt," erwiderte Patrizia, hin- und hergerissen, ob sie wegen der Trennung beunruhigt oder sich von Annes Begeisterung anstecken lassen sollte, „aber Noah und Leon besuchen wir auch, oder?"

„Ja, natürlich sehen wir Noah und Leon auch – auf jeden Fall!"

„Ok, alles klar, dann bis zum 22. Februar", meinte Patrizia, und nach einer Verabschiedung legte Anne auf.

Das Telefonat mit ihrer Mutter hatte ihr unendlich gut getan, auch wenn sie das Gefühl nicht loswurde, dass ihre Mutter sich erst an einen neuen Mann an der Seite ihrer Tochter gewöhnen musste – doch Anne war sich sicher, wenn ihre Mutter Dominik erst einmal kennenlernen würde, dann würde sie ihren zukünftigen Schwiegersohn lieben!

Dominiks Handy klingelte, er hob ab und erfuhr von der Polizei, dass sein Vater, nachdem er mit einer sehr hohen Wahrscheinlichkeit einen kleinen Jungen angefahren hatte, sich mit Autoabgasen das Leben genommen hatte.

Die Gesellschaft löste sich nach dieser Horror-Nachricht sofort auf; die Gräfin bekam einen Weinkrampf und rief völlig verzweifelt auch ihren anderen Enkel an.

Als Anne wieder nach unten kam, um Dominik begeistert von dem Gespräch mit ihrer Mutter zu erzählen, spürte sie sofort, dass sie Stimmung gekippt war – dann erfuhr auch sie von der Schreckensnachricht!

Luna stand seit einer Weile draußen vor dem Schloss an der frischen Luft. Sie genoss den kühlen Wind: er war nicht zu kalt, aber erfrischend. Immer wieder liefen ihr die Tränen über die Wangen. Warum tat Dominik ihr so weh? Sie verstand es einfach nicht. Er wusste doch, was sie für ihn empfand.

Um sich ein wenig abzulenken, checkte sie ihr Handy: Tatsächlich, sie hatte ja noch eine ungelesene SMS von Noah! Die hatte sie ja gar nicht gesehen, als sie Noah das Foto geschickt hatte. Nein, sie sah nun, dass die SMS von Noah erst angekommen war, nachdem sie ihm das Foto gesendet hatte – doch nachdem sie seine mehrdeutige Antwort gelesen hatte, war keine Zeit mehr gewesen, in ihre Nachrichten zu schauen.

Leon wurde angefahren, er liegt im Krankenhaus, Gruß Noah

Das stand in der SMS.

Ihre Gedanken wirbelten wie wild durcheinander. Sie versuchte sofort, Noah auf dem Handy zu erreichen, aber es ging nur die Mailbox ran – vermutlich hatte er es ausgestellt, weil er bei Leon im Krankenhaus war. Diese Erklärung erschien Luna nur allzu plausibel.

Das erste Krankenhaus, das ihr einfiel, war das Klinikum Kreisroda. Luna stürzte nach drinnen und sagte der Gräfin, dass sie sich kurzfristig den restlichen Tag freinehmen müsse, weil der Sohn eines engen Freundes einen Autounfall erlitten hatte.

Anne nahm Luna beiseite und erzählte ihr von dem Todesfall.

„Oh, mein Gott! Meinst du, ER hat Leon angefahren?", Luna wurde panisch; hektisch machte sie sich auf den Weg zum Krankenhaus. Auch wegen der Sorge um Leon kamen ihr weiterhin die Tränen. Es kam aber auch alles auf einmal! Wie ging es dem kleinen Leon? Und wieso zum Teufel tat Dominik ihr so weh? Wie würde es auf dem Schloss weitergehen nach diesem Todesfall?

Im Klinikum angekommen, sah sie Noah und Leon bereits auf dem Flur im Wartebereich sitzen und stürzte ihnen entgegen.

„Hallo Luna, schön, dass du da bist!", wurde sie von Leon mit einer Umarmung begrüßt.

„Wie geht's dir?", fragte Luna voller Sorge.

„Ich habe Kopfschmerzen und fühle mich ein bisschen schlapp, aber sonst geht es mir ganz gut", meinte Leon.

„Ein Glück!", entfuhr es Luna.

„Ich denke, es ist an der Zeit…also, ich glaube, ich muss dir etwas sagen, Leon!", begann Noah stotternd, während er die Hand seines Sohnes nahm,

„weißt du, ich war nicht ganz ehrlich zu dir, was deine Mutter betrifft…"

Leon sah ihn mit großen Augen an, und Noah sprach sofort weiter: „Luna ist keine Bekannte der Familie…Luna ist deine Mama!"

Man konnte dem kleinen Mann ansehen, wie es in seinem Kopf arbeitete. Mit aufgerissenen Augen blickte er starr auf seinen Vater, dann wandte er den Blick zu Luna. Wieder sah er seinen Vater an, dann fragte er neugierig: „Meine Mutter ist doch krank, hast du gesagt… Wo war Luna die ganze Zeit? Warum war sie nie da? Luna ist doch nicht krank! Warum hast du mir nie was erzählt, Papa?"

„Doch, doch, mein Pirat, Luna war sehr krank. Als es ihr besonders schlecht ging, konnte sie sich nicht so um dich kümmern, wie sie das vielleicht gerne getan hätte. Deshalb habe ich mich um dich gekümmert, solange es die Mama nicht konnte. Dann wurde die Mama aber wieder gesund und ist zu uns gekommen. Zu dir, mein Pirat!", versuchte Noah, die Situation zu erklären, „nur – deine Mama ist noch immer nicht richtig gesund. Oder man könnte sagen, zurzeit ist sie leider wieder krank."

Wie erklärte man seinem Kind, dass seine Mutter heroin-abhängig war?

„Aber weißt du was, wenn wir jetzt alle ganz fest zusammenhalten und uns gegenseitig helfen, dann glaube ich, wird die Mama ganz schnell wieder gesund", zeigte Noah sich seinem Sohn gegenüber zuversichtlich.

Leon versuchte, die Worte seines Vaters zu verarbeiten. Er griff nach Lunas Hand und hielt sie fest umklammert.

„Hm, bestimmt hast du recht, Papa", stimmte er zu und gähnte.

Leon musste zur Beobachtung die Nacht über im Krankenhaus bleiben; Noah und Luna brachten ihn zu seinem Zimmer.

„Schlaf‘ jetzt, mein Schatz, und ruh‘ dich schön aus", Luna gab ihm einen Kuss auf die Wange, deckte ihn zu und strich ihm über den Kopf, dabei sah sie ihn liebevoll an und schenkte ihm eines ihrer reinen und glücklichen Lächeln, „wir beide werden wieder gesund werden!"

Von irgendwoher ertönte plötzlich leise Musik. Das Lied hieß: *Death to My Hometown* von *Logh*; das Lied hatte etwas Beruhigendes, fand Luna, während sie ihrem Sohn beim Schlafen zusah. Noah saß auf der anderen Seite von Leons Krankenbett und sah ihm ebenfalls beim Träumen zu.

Da holte Luna ihr Handy hervor und scrollte in ihren Kontakten zum Buchstaben *S*.

„Was machst du? Was hast du vor, Luna?", flüsterte Noah leise, um Leon nicht zu wecken.

„Ich will Dr. Sander anrufen, aber ich schaffe es einfach nicht!", fing Luna bitterlich an zu schluchzen und strich Leon über den Arm. Noah stand auf und ging leise zu ihr hinüber, auf die andere Seite von Leons Krankenbett. Er kniete sich neben sie, nahm sie in seine Arme und ließ sie einfach nur weinen.

In der Zwischenzeit war im Schloss die Hölle los. Dominik musste die Beerdigung seines Vaters organisieren, denn Gräfin Dagmar stand völlig neben sich. Für Dominik war es schwer, ausgerechnet im glücklichsten Moment seines Lebens diesen traurigen Tiefschlag hinzunehmen.

Zum Glück war Leon nur leicht verletzt worden, was für eine Ironie des Schicksaals.

Rudolf von Andrecht hatte sein Leben völlig sinnlos weggeworfen.

DIENSTAG, 22. FEBRUAR 2011

Mittlerweile war die Beerdigung von Dominiks Vater gewesen, Anne war sehr schockiert, als sie erfuhr, dass tatsächlich Leon das Kind gewesen war, das Rudolf von Andrecht angefahren hatte. Ihr geliebter Leon!

Nun waren genau zwanzig Tage vergangen, zwanzig Tage… sie hatte es fest vorgehabt, aber sie hatte es nicht geschafft. In zwanzig Tagen nicht.

Versucht hatte Luna es oft. Sie hatte den Hörer in der Hand gehalten, immer wieder gewählt und immer wieder schnell aufgelegt, bevor der Arzt ans Telefon gegangen war.

Noah war dies nicht entgangen. Oft hatte er dabei sogar neben ihr gesessen; manchmal hatte er gefragt: „Warum?" oder auch gesagt: „Wir wollten doch wieder eine Familie werden, oder nicht? Was hindert dich?" oder – wenn er sie wieder mal beim Drogen-Nehmen erwischte: „Wir könnten glücklich sein, also warum tust du das?" Den Mund hatte er sich fusselig geredet – geantwortet hatte sie ihm nicht – nie.

Er hätte mit Leon einfach wieder gehen können, wie damals, aber irgendetwas hielt ihn davon ab.

Er dachte an den Mittwoch letzte Woche – er war zu Tode erschrocken gewesen, als die Polizei in seiner Werkstatt aufgetaucht war. Schon hatte er gedacht, Luna wäre mit Heroin erwischt worden. Oder aber wieder etwas mit Leon?

Aber es ging um diesen komischen Herrn Kramer, der vor kurzem seinen Wagen in Noahs Werkstatt gebracht hatte. Der war am Flughafen mit zwei Kilogramm Heroin erwischt worden. Und nun wollte die Polizei auch das geparkte Auto untersuchen und hatte es beschlagnahmt.

Aber auch als Noah das abends Luna erzählt hatte, hielt es sie nicht davon ab, sich weiter zu spritzen.

Die Hochzeitsvorbereitungen lagen in den letzten Zügen. Annes Brautkleid war bereits geliefert worden, es war ein bodenlanges, weißes Hochzeitskleid mit einer mit weißen Rosen bestickten Borte auf Taillenhöhe. Die Borte machte sie schlanker, fand Anne, wobei sie dies wahrlich nicht nötig hatte. Aber dennoch – das Kleid saß perfekt – Anne war perfekt,

Dominik würde perfekt sein in seinem Anzug – und die Hochzeit würde auch perfekt sein – weil es *ihr* großer Tag war, den sie im Kreise ihrer Liebsten und noch einigen wichtigen Gästen feiern würden, darauf hatte die Gräfin bestanden. Sie würden standesamtlich heiraten; der Standesbeamte Herr Hannes Hellriegel war im Ort bestens bekannt, unzählige Trauungen hatte er bereits durchgeführt. Meistens trafen ihn die älteren Leute, wenn sie sonntags über den Friedhof liefen, er wurde stets gegrüßt und grüßte immer zurück. Er war hoch geachtet im Ort. Die Familie von Andrecht hatte seine Dienste über Generationen hinweg schon öfter in Anspruch genommen, beispielsweise eben bei Trauungen.

Auch Dominiks Anzug war schon geliefert worden, er hatte einen schwarzen Anzug mit Silber-Elementen für seinen großen Tag gewählt. Seine Krawatte und sein Einstecktuch waren ebenfalls silbern.

Dominiks Trauzeugin war die Gräfin, und Annes Trauzeugin würde ihre Mutter sein. Patrizia und Anne hatte bereits am Telefon diesbezüglich alles besprochen, und Anne hatte dies dann Herrn Hellriegel mitgeteilt. Patrizia Köster würde heute im Laufe des Tages anreisen. Anne und Dominik würden sie vom Flughafen abholen und mit ihr einen Kaffee trinken gehen, und anschließend würden sie ihr das Schloss zeigen – Annes neue Heimat! Patrizia hatte außerdem darauf bestanden, dass sie ihre Tochter für die Hochzeit frisierte! Anne war sofort begeistert gewesen.

Nachdem Anne und Dominik in zwei getrennten Zimmern das Brautkleid und den Anzug anprobiert hatten, waren sie beide begeistert gewesen und die Nervosität wurde langsam, aber deutlich, bei beiden spürbar.

Die Gräfin hatte für Anne und Dominik die komplette Hochzeitsfeier im Schloss organisiert, längst waren die Einladungen verschickt. Über sechshundert Leute, darunter viele Gräfinnen und Grafen, hatte sie nach Absprache mit Anne und Dominik eingeladen. Anne hatte allerdings den Wunsch geäußert, auch Noah und Leon zur Feier einzuladen. Die Gräfin hatte Luna fest als Unterstützung für den Sektempfang eingeplant; oft hatte sie in den letzten Tagen versucht, Luna anzurufen, denn sie hatte momentan Urlaub, aber Luna hatte nie abgehoben.

„Was war nur mit Luna los?", fragte sich die Gräfin, so kannte sie Luna überhaupt nicht.

Luna stand vor Noah, am ganzen Körper zitternd und bleich. Sie schwitzte und sie fror gleichzeitig. Plötzlich fing sie an zu weinen, ihre Schluchzer waren bitterlich. Sie bekam kaum noch Luft. Luna fiel nach vorne. Er fing sie auf, sie schluchzte qualvoll. Er konnte das starke Zittern ihres Körpers an seinem Körper spüren.

„Warum?…Warum? Waruum?", schluchzte sie.

Sie hing in seinen Armen und er wusste es, spürte es und sah es ihr an… sie war am Ende, sie war fertig, und sie wollte diesen Entzug, ganz sicher, aber sie schaffte es nicht, die Nummer von Dr. Sander zu wählen.

Er hielt sie fest, und langsam beruhigte sich Luna. Noahs Stärke und seine Kraft gaben ihr Halt. Noch einmal wurde sie von heftigen Schluchzern geschüttelt, aber dann atmete sie kontrolliert tief ein und wieder aus. Und dann endlich wählte sie – zum wievielten Mal nun schon? – die Nummer von Dr. Sander … und wartete.

Nach dem dritten Klingeln hob Dr. Sander ab: „Entzugsklinik Dr. Sander, Dr. Sander am Apparat", meldete sich der Arzt am Ende der Leitung.

Luna atmete noch einmal tief durch. Ihr Hals und ihre Lippen wurden trocken.

Sie presste die Worte, „Luna Nieters hier … Entzug", hervor.

„Frau Nieters…", Dr. Sander ahnte natürlich längst, warum sie ihn anrief und sagte daher: „Sie können sofort kommen."

Da Luna den Lautsprecher angestellt und Noah mitgehört hatte, fuhr er sofort mit ihr in die Entzugsklinik, bevor sie wieder einen Rückzieher machen konnte. Dort angekommen, erzählte Luna ihrem Arzt, wie sie wieder abhängig geworden war.

„Ich bin seit einiger Zeit, ungefähr seit zirka acht Monaten, wieder abhängig und konsumiere wieder regelmäßig Heroin. Ich befand mich in einer schweren Lebenslage mit Liebeskummer und noch einigen Krisen, ich habe meinen Sohn und seinen Vater gesucht und auch wiedergefunden. In meinem Liebeskummer half mir Noah sehr... Aber unser Verhältnis war schwierig, denn es fiel ihm schwer zu vergessen, was ich ihm und unserem gemeinsamen Sohn Leon damals angetan habe. Noah hat mit mir geredet und versucht dadurch zu verhindern, dass ich mir wieder Schüsse setze, aber er hat es nicht geschafft... verdammt! Das ist eine Zerreißprobe. Wissen Sie, mein Sohn Leon, er weiß jetzt, dass ich seine Mutter bin und dass ich lange Zeit nicht für ihn sorgen konnte, weil ich sehr krank war und es jetzt wieder bin. Verstehen Sie, Dr. Sander? Ich muss wieder gesund werden, weil ich das will, weil ich will, dass wir wieder eine Familie werden. Ich möchte meinem Sohn etwas schenken können, ein Spielzeugauto zum Beispiel, ohne dabei Angst haben zu müssen, dass das Geld nicht mehr für den Dealer reicht. Die Droge soll nie wieder in meinem Leben über meinem Kind stehen! Nie wieder! Als ich damals aufwachte und Noah und mein Sohn nicht mehr da waren, da dachte ich noch nichts, denn ich war noch nicht ganz bei mir, aber als die Entzugserscheinungen dann einsetzten und ich wieder klarer im Kopf wurde, dann realisierte ich, dass Noah mit unserem Sohn weg war, weil ich wieder gefixt hatte, und von diesem Moment an wusste ich, sie würden nicht mehr wiederkommen. Und ich war schuld. Mein Sohn wäre verhungert, wenn Noah damals nicht gekommen wäre – und ich, ich war schuld. Wissen Sie, was das für ein scheiß Gefühl ist?! Ich will meine Familie zurück – ganz ohne dabei an Heroin zu denken, verstehen Sie?", fragte Luna.

„Ja, ich verstehe Sie, Frau Nieters. Wir kennen uns ja schon von früher und es war für mich nun interessant zu hören, dass Sie offenbar auch eine Zeit hatten, in der sie vollkommen clean waren. Ich glaube, es tat Ihnen gut, dass Sie mir das jetzt alles erzählt haben. Und das war auch sehr wichtig. Ich würde laut Ihren Schilderungen einen kalten Entzug vorschlagen – ein kalter Entzug ist ja ohne Medikamente, aber unter meiner dauernden ärztlicher Aufsicht – am besten hier in meiner Entzugsklinik. Wenn Sie möchten, leite ich alles in die Wege?", vergewisserte sich Dr. Sander.

„Gut, tun Sie das bitte. Das wäre wunderbar, vielen Dank, Dr. Sander!", war Luna jetzt noch etwas zuversichtlicher. „Die Gespräche mit Ihnen und Ihrem Team werden mir während des Entzugs in jeden Fall helfen, außerdem hilft das dann auch ein Stück weit beim *Clean-Bleiben*", war Luna überzeugt, „ich würde nur gerne vor dem Entzug noch einmal zu meiner Arbeitgeberin, Gräfin von Andrecht Senior, gehen. Und kann ich meinen Sohn Leon ab und an sehen?"

„Für den Anfang haben Sie erst einmal eine vierzehntägige Kontaktsperre", erklärte Dr. Sander, „erledigen Sie deshalb vorher alles, was Sie noch erledigen müssen, und dann melden Sie sich wieder bei mir in der Klinik. Wissen Sie, es ist keine Schande, einen Fehler zu machen und ihn zuzugeben Ich meine, Sie wissen jetzt, was Sie wollen – und zwar Ihrem Sohn wieder eine Mutter sein, jenseits der Szene und den Drogen, und Sie wissen, was Sie dafür tun müssen, und Sie sind nach meiner Einschätzung auch bereit, dies zu tun – was genau wollen Sie denn bei Schloss Andrecht?", erkundigte sich Dr. Sander.

„Ich weiß noch von meinem letzten Entzug, durch die Gespräche mit Ihnen und Ihrem erfahrenen, liebevollen, verständnisvollen und einfühlsamen Personal, dass es nichts bringt, sich hinter seiner Sucht zu verstecken, sich zu isolieren und immer weiter in den Abgrund hineingerissen zu werden. Ich muss offen damit umgehen, das ist meine einzige Chance. Aber das habe ich auf Schloss Andrecht nicht getan. Dort weiß niemand, dass ich heroinabhängig bin. Das will ich jetzt ändern! Nur meinem Sohn Leon werde ich wohl stattdessen erzählen, dass ich sehr krank bin. Er ist noch zu jung, um ihm zu sagen, dass Drogen dahinter stecken –alles andere wäre vermutlich zu viel für ihn, er würde es einfach noch nicht verstehen. Außerdem möchte ich nicht, dass er dadurch irgendwelche Probleme in der Schule bekommt. Er soll meinetwegen nicht gehänselt werden, so nachdem Motto: ‚Das ist der mit der Junk-Mom‘ oder ‚Das ist der mit der Fixer-Mutter‘ - das ist meine oberste Priorität. Ich möchte clean werden und clean bleiben, und ich möchte meine Familie zurück, ich will eine ganz normale Familie, Noah, Leon und ich. Ohne, dass mein Sohn vor irgendwem Angst haben muss, verstehen Sie? Aber ich möchte auch mit meiner Chefin, Gräfin von Andrecht und dem gesamten Schlosspersonal sowie mit den Bewohnern des Schlosses offen umgehen. Ich möchte Ihnen offen erzählen, dass ich ein Heroin-Problem habe", war Luna selbstsicher.

„Und irgendwann müssen Anne und Dominik auch erfahren, dass du Leons leibliche Mutter bist", warf Noah in diesem Moment ein.

„Da hast du Recht", stimmte Luna ihm zu.

„Bevor Sie stationär zu mir in die Entzugsklinik kommen, möchte ich mir gern ein Bild von Ihrer häuslichen Lebenssituation machen."

„Gut, wenn Sie Zeit hätten – ich wohne bei Noah in der Meierei-Gasse 22", Luna nannte Dr. Sander die

Adresse, und Dr. Sander versprach, sofort dorthin zu kommen.

Sie seufzte und atmete aus. Dann sah sie Noah tief in die Augen: „Hilf mir, hilf mir, denn ohne dich schaffe ich das nicht!"

„Ich werde alles tun, wenn es dir nur hilft. Für Leon finden wir schon eine Lösung…also, ich meine, wo wir Leon unterbringen, während ich dir beim Entzug beistehe", Noah war bereit – für alles, was da jetzt noch auf ihrem Weg, wieder eine kleine, normale Familie zu werden, auf sie zukommen würde.

Luna und Noah waren vorgefahren, Noahs Nachbarin Ilse hatte in dieser Zeit bei Noah zu Hause auf Leon aufgepasst.

Fünfzehn Minuten später traf Dr. Sander bei Noah in der Meierei-Gasse ein. Angespannt saßen Noah und Luna sich auf zwei Stühlen in der Küche gegenüber.

„Hallo, da bin ich", Dr. Sander drückte ihre Hand.

„Hallo Dr. Sander", Luna lächelte angespannt und erwiderte seinen Händedruck.

Auch Noah und Leon wurden von Dr. Sander kurz begrüßt. Durch das Klingeln an der Tür war Leon neugierig in die Küche gekommen, um den Besuch zu sehen.

„Sie haben ein ganz klares Ziel vor Augen, Sie wollen clean werden und clean bleiben und Sie wollen Ihre Familie wieder zurück, so würde ich das jetzt zusammenfassen. Ihr Wille alleine reicht aber nicht aus, um den Entzug erfolgreich durchzuhalten. Frau Nieters, ich denke, Sie wissen, dass die kommenden Wochen hart werden, aber ich glaube auch, Sie haben Menschen um sich herum, die Ihnen in dieser Zeit beistehen und helfen werden – und Sie haben einen starken Willen", war Dr. Sander überzeugt. Sie besprachen noch einmal genauestens das Vorgehen.

„Sie suchen nach einer Betreuung für Ihren Sohn. Dann können Sie im Beisein von Herrn Möwald – normaler Weise herrscht ja Kontaktsperre – aber ich bin der Ansicht, dass Herr Möwald nachweislich zum Erfolg Ihres Entzuges beitragen wird, deshalb kann er dabei sein, unter meiner Aufsicht einen kalten Entzug in meiner Entzugsklinik machen. Aber vorher fahren Sie zu Schloss Andrecht", bestimmte Dr. Sander, und sie machte sich auf den Weg.

Auch Dr. Sander hatte auf dem Schloss etwas zu erledigen; auf dem Weg dorthin telefonierte er bereits mit einer Krankenschwester aus seiner Klinik, kündigte an, dass er demnächst mit Luna Nieters kommen würde, schilderte ihr die Sachlage und bat sie, soweit schon einmal alles vorzubereiten. Die Krankenschwester versicherte ihm, dass sie dies zu seiner vollsten Zufriedenheit ausführen würde. Dr. Sander bedankte sich und beendete das Gespräch.

Vor vier Stunden hatte Anne noch einmal mit ihrer Mutter telefoniert, die ihr die Ankunftszeit ihrer Maschine am Flughafen durchgegeben hatte; gerade waren Anne und Dominik auf dem Weg dorthin, um sie abzuholen.

Patrizia erwartete sie bereits in der Eingangshalle des Flughafens. Anne steuerte geradewegs auf ihre blonde, blauäugige Mutter, die einen Hut und roten Lippenstift trug und etwas fülliger war, zu. Dominik hielt Annes Hand und lief neben ihr.

„Hallo, Mama!", begrüßte Anne ihre Mutter freudig, sie ließ Dominiks Hand kurz los und fiel ihrer Mutter stürmisch in die Arme. Beide hielten sich einen Moment ganz fest und genossen die Nähe zueinander.

„Hallo, mein Schätzchen!", auch Patrizia hielt ihre Tochter ganz fest.

Als Anne sich aus der Umarmung wieder löste, reichte Dominik Patrizia die Hand: „Ich bin Dominik, Sie haben ja bei etlichen Telefonaten mit Ihrer

Tochter schon viel von mir gehört", stellte Dominik sich ihr vor.

„Oh ja, das habe ich. Sie machen einen sehr netten Eindruck und Sie tun meiner Tochter sichtlich gut", meinte Patrizia.

„Vielen Dank, dass freut mich", Dominik lächelte Anne an und küsste sie.

„Wir gehen jetzt erst einmal einen Kaffee trinken und danach zum Schloss", bestimmte Anne.

„Warum trinken wir den Kaffee nicht im Schloss?", schlug Dominik vor, „ich meine, das wäre doch eine gute Gelegenheit, so können sich unsere Familien gleich ein wenig besser kennenlernen."

„Das wäre wunderbar", meinte Patrizia sofort, sie war begeistert. Auch Anne war Feuer und Flamme.

„Aber danach gehen wir zu Noah und Leon", fügte Anne hinzu.

„Super!", war Patrizia voll dabei.

„Gut, dann los!", die drei fuhren zum Schloss. Auf der Fahrt sprachen sie noch einmal darüber, dass Patrizia Annes Trauzeugin sein würde und dass sie ihrer Tochter die Hochzeitsfrisur machen würde.

Als Dominik, Anne und Patrizia im Schloss ankamen, wurden sie von der Gräfin ins Wohnzimmer
gebeten und tranken erst einmal Tee beziehungsweise einen Kaffee. Patrizia, die von Anne erfahren
hatte, dass vor kurzem erst Rudolf von Andrecht
verstorben war, geschehen war, sprach der Gräfin
ihr Beileid aus.

„Ja, so eng liegen Trauer und Freude beieinander",
antworte die Gräfin mit gesenkter Stimme.

Als es läutete, öffnete Dominik die Tür: Noah,
Leon und Luna standen davor.

„Ich möchte bitte mit der Gräfin sprechen", sagte
Luna, die in sein verwirrtes Gesicht blickte.

Dagmar von Andrecht erschien im Türrahmen und
freute sich, Luna zu sehen. „Kommt doch bitte alle
herein und nehmt gerne auch eine Tasse Tee", forderte sie die Gäste auf.

Patrizia ihrerseits war erfreut, Leon zu sehen, und
er lief sofort auf sie zu und warf sich ihr in die Arme – kleine Kinder haben ja noch keine Ahnung
von Konventionen und zurückhaltenden Begrü-
ßungszeremonien in den Adelshäusern!

Luna stand unschlüssig im Raum und wollte gerade
tief Luft holen, um ihr Problem anzusprechen – da
läutete es schon wieder an der Tür und Dominiks
Bruder traf ein.

„Erich, was machst du denn hier?", war Dominik mehr als überrascht.

„Danke für die Einladung zu eurer Hochzeit, ich komme sehr gerne", wandte sich Dr. Eric Sander an Dominik – und blickte dann auch Anne an. Die hatte den Bruder ihres Verlobten noch nicht kennen gelernt.

„Ach ja, ich bin Dr. Eric Sander, der verlorene Bruder von Dominik, wenn man so will. Ich helfe Drogenabhängigen beim Entzug", stellte er sich vor.

„Es freut mich sehr, Sie kennenzulernen, Dr. Sander. Ich bin Anne, Dominiks zukünftige Ehefrau", schüttelte sie lächelnd seine Hand.

„Wollen wir nicht ,du' sagen? Ich bin Eric."

„Gerne, ich bin Anne", wieder schüttelten sie sich die Hände.

„Wie ihr wisst, konnte ich an Vaters Beerdigung leider nicht da sein, da ich auf einem Kongress in Südafrika war, ich hoffe du nimmst mir das nicht übel?", wandte sich Dr. Sander an seine Großmutter. Die Gräfin schüttelte nur stumm den Kopf und strich ihm zärtlich über die Wange.

Leon langweilte sich bei dem Gerede der Erwachsenen, weshalb er zu Dominik schlich und ihn fragte, ob er im Goldenen Salon am Flügel spielen dürfte; Dominik erlaubte es ihm.

Anne konnte dem Gespräch gar nicht recht folgen; ihr schwirrte der Kopf. Sie schielte zu Noah – *Was wollte er bloß hier?*, fragte sie sich insgeheim. Erst jetzt fiel ihr auf, dass Leon zwischen Luna und Noah stand.

„Und was kann ich für Sie tun, Luna?", fragte die Gräfin in diesem Moment die Hausdame. Lunas Blick glitt unsicher von Noah über Leon zu Dr. Sander. Sie war sichtlich erstaunt über das Auftauchen ihres Arztes hier im Schloss – noch durchblickte sie die Zusammenhänge nicht. Sie umklammerte Noahs Hand, hatte aber irgendwie das Gefühl, dass die Anwesenheit von Dr. Sander ihr Kraft und Stärke gab.

„Ja, ich bin noch aus einem anderen Grund hier", unterbrach Dr. Sander seine Großmutter, „denn Luna Nieters möchte noch etwas loswerden." Auffordernd blickte er in ihre Richtung.

„Ich bin Luna Nieters…und…".

„Ich glaube, wir wissen hier alle, wie Sie heißen, Luna!", unterbrach die Gräfin ihre Angestellte lachend.

Luna wurde zunehmend nervöser und sie krallte ihre Fingernägel in Noahs Handinnenfläche – doch der ließ sich den Schmerz kein bisschen anmerken.

„Fangen Sie den Satz noch einmal von vorne an, Frau Nieters, so wie wir das damals in der Therapie geübt haben, und schämen Sie sich nicht, denn sie machen das gerade ganz großartig!", lobte der Arzt.

Anne, Dominik, die Gräfin und Patrizia sahen sich überrascht an.

„Ich bin Luna Nieters und ich bin heroinabhängig", sagte Luna und blickte in teils geschockte, teils überraschte Gesichter.

Bevor jemand etwas entgegensetzen konnte, ergriff Noah rasch das Wort: „Und Luna ist Leons leibliche Mutter!"

Jetzt war es heraus! Noah zog Luna an sich und küsste sie zärtlich. Er konnte spüren, dass ihr ein Stein vom Herzen fiel; sie lächelte ihn an und erwiderte den Kuss ebenso zärtlich.

„Das glaube ich nicht", stammelte Anne. Sie blickte fassungslos in die Runde – aber im Grunde ihres Herzens musste sie dann erkennen, dass es sie nicht einmal besonders traurig stimmte.

Niemand sonst sagte ein Wort; der Schock saß noch zu tief. Anne fühlte tief in ihrem Herzen, dass diese Offenbarungen sie nur deshalb nicht so sehr schmerzten, weil sie ja in der glücklichsten Situation überhaupt war: Sie hatte den Mann für's Leben gefunden und würde ihn heiraten, ihren Dominik! Sie schmiegte sich an ihn und küsste ihn – und Dominik erwiderte ihren Kuss.

„Ich werde unter der Aufsicht von Dr. Sander einen Entzug machen, das heißt, ich werde nicht mehr hier arbeiten können. Ich kündige", fuhr Luna mit ihren Geständnissen fort.

„Ich habe vollstes Verständnis für Ihre Situation", erklärte die Gräfin, „ich werde schon eine neue Hausdame finden, Sie müssen sich nun voll und ganz auf sich konzentrieren!"

„Vielen Dank", Luna wirkte sichtlich erleichtert.

Die Gräfin nickte ihr lächelnd zu.

Noah nutzte die Gelegenheit, Patrizia ebenfalls hier anzutreffen. Da seine Eltern und auch Lunas Eltern beide Junkies gewesen und bereits am goldenen Schuss gestorben waren, fügte sich die Situation perfekt – denn nicht nur Anne war wie eine Mutter für den Kleinen gewesen, auch ihre Mutter hatte sich wie eine Oma für den Jungen gefühlt. So würde er sich bei ihr wohl fühlen!

„Patrizia, könntest du in dieser Zeit bitte für Leon sorgen und auf ihn aufpassen? Ich muss mich ab heute zwei Wochen voll und ganz auf Luna konzentrieren", erklärte Noah ihr.

„Juhuuu!! Zwei Wochen bei Patrizia bleiben!", war Leon sofort hellauf begeistert, der – von allen unbemerkt – den Raum wieder betreten hatte.

„Natürlich Noah, das ist überhaupt kein Problem!", war Patrizia einverstanden.

Dann wandte sie sich an Leon: „Wir zwei werden ganz viel Spaß haben, nicht wahr?"

„Oh ja!", freute der sich.

„Wir sollten dann los", räusperte sich Dr. Sander, und Luna und Noah umarmten Leon noch einmal ganz fest.

„Sei brav, bei Patrizia, ok?", erklärte Noah seinem Sohn, während er Patrizia den Schlüssel für seine Wohnung aus Lunas Handtasche überreichte, und Leon nickte heftig.

„Bald werden wir wieder eine Familie sein!", Luna küsste Leons Kopf.

„Was hältst du davon, Leon, wenn wir im Schlafzimmer die Frisur für meine Hochzeit ausprobieren", schlug Anne vor. Leon war sofort Feuer und Flamme und Patrizia und Anne gingen mit ihm ins Schlafzimmer und probierten die Frisur, währenddessen fuhren Luna, Noah und Dr. Sander in dessen Entzugsklinik.

In Dr. Sanders Klinik angekommen, standen bereits ein frisch bezogenes Bett, ein Überwachungsmonitor und das nötige Personal bereit. Dr. Sander hatte Luna natürlich gründlich gefilzt und keine Drogen mehr bei ihr gefunden – das war die Bedingung für den Entzug. Luna legte sich in das Krankenbett; schon seit sie vor zwölf Stunden ihre letzte Dosis Heroin injiziert hatte, war sie unruhig geworden. Sie fühlte sich, als hätte sie eine Grippe, nur ohne Fieber. Sie war unruhig, hatte Schweißausbrüche und Schüttelfrost. Ihre Muskeln und ihre Glieder schmerzten.

Noah hielt ihre Hand und tupfte ihr mit einem Handtuch den Schweiß von der Stirn: „Na, wie fühlst du dich, Luna?"

„Beschissen!", entgegnete sie wahrheitsgemäß unter starken Krämpfen.

Noah hielt die ganze Zeit ihre Hand: „Wir schaffen das schon gemeinsam! Ich denke, ich kann sehr gut mit dir mitfühlen, ich habe das schließlich auch schon durchgemacht."

„Sie schaffen das, Frau Nieters!", ermutigte Dr. Sander seine Patientin.

Luna versuchte ein mattes Lächeln, das die Krämpfe ihr kaum möglich machten, dann musste sie sich übergeben und Noah hielt die ganze Zeit ihre Haare. Dr. Sander hatte vorsorglich eine Brech-Tüte organisiert.

Am Abend rief Noah noch bei Patrizia an. Leon erzählte ihm, dass er ganz viel mit Patrizia gespielt und gelesen hatte.

Die erste Nacht war am Schlimmsten, sie konnte nicht schlafen und verspürte eine solche Unruhe in den Beinen, dass sie sich wünschte, sie hätte keine mehr. Auch Noah war die ganze Nacht wach und versuchte, ihr so gut es ihm möglich war, zu helfen. Drei Tage ging das so, die Entzugserscheinungen waren heftig, aber Noah stand ihr immer bei.

Wann immer er sich eine Pause genehmigen konnte, telefonierte er mit Leon.

Luna war in diesen drei Tagen fast nur am Erbrechen und die Muskelschmerzen waren die Hölle. Auch ihr Kreislauf war im Keller gewesen, aber Dr. Sander überwachte sie natürlich genau, und die Gespräche mit dem Fachpersonal halfen ihr sehr, obwohl sie in dieser Phase wenig Sinn machten.

DIENSTAG, 8. MÄRZ 2011

Zwei Wochen waren vergangen, zwei Wochen, in denen Luna manchmal alles riskieren und damit auch wieder alles aufgeben wollte, aber Noahs Beistand, die Telefonate mit ihrem Sohn und die Gespräche mit dem Team von Dr. Sander machten ihr Mut – sie hatte den Entzug durchgezogen!

Dr. Sander trat zur Tür des Krankenzimmers hinein: „Sie haben das Schlimmste überstanden und sind jetzt entgiftet – Sie können entlassen werden!", lächelte er seine Patientin an, „dennoch empfehle ich Ihnen, sich ambulant in eine Therapie zu begeben; ich gebe Ihnen Adressen mit."

„Vielen Dank für Ihre Hilfe", Luna konnte nicht anders – sie umarmte ihn.

„Ich mache Ihre Entlassungspapiere fertig und gebe Ihnen Therapie-Adressen. Alles Gute – aber: „Auf Wiedersehen!" sage ich jetzt nicht", Dr. Sander verabschiedete sich lächelnd.

„Danke!", sagte Luna noch einmal.

„Sind wir jetzt wieder eine Familie?", fragte Luna Noah.

„Ja!", antwortete er ihr. Er war unheimlich stolz auf ihren Erfolg. Und darum eröffnete Noah ihr: „Weißt du, was das Beste ist? Ich habe mich heimlich für einen Job in Spanien beworben und bin zum Vorstellungsgespräch eingeladen! Wenn ich den Job als KFZ-Mechaniker dort bekomme, dann möchte ich mit euch dorthin ziehen!", er küsste sie lächelnd.

„Das ist wunderbar!", sie erwiderte seinen Kuss und versank für einen innigen Moment in seinen starken Armen.

Schließlich packten sie gemeinsam Lunas Sachen zusammen und fuhren heim, um dort ihren Sohn Leon zu begrüßen und Patrizia aus der Pflicht des Aufpassens zu entlassen. Sie erzählten von den gemeinsamen Umzugsplänen – auch Leon war begeistert, obgleich er seine Freunde vermissen würde. Aber seine Eltern versicherten ihm, dass er ganz bestimmt Kontakt halten würde.

Luna war glücklich: Endlich waren sie wieder eine Familie!

MONTAG, 28. MÄRZ 2011

Anne und Dominik hatten die letzte Nacht getrennt voneinander verbracht. Während Dominik im Schloss übernachtet hatte, war Anne bei ihrer Mutter Patrizia geblieben, die nun wieder im Hotel wohnte. Die beiden hatten dort zusammen genächtigt.

Anne war schon um 7 Uhr in der Frühe wach gewesen. Sie spürte ein Kribbeln in der Magengegend.

„Und? Schon aufgeregt?", erkundigte sich Patrizia augenzwinkernd.

„Ja und wie! Ich kann es kaum erwarten, endlich ‚*JA*' zu diesem Mann zu sagen! Wir beide – er und ich – für immer zusammen. Immer in seinen Armen einschlafen und jeden Morgen in seinen Armen wieder aufwachen; das ist alles, wovon ich träume, Mama. Und in einigen Stunden wird dieser Traum Wirklichkeit – und zwar für immer! Ich kann das selbst noch kaum glauben – ich meine, vor zirka sieben Monaten habe ich meine Familie verlassen, für ihn, ich stürzte mich ins Ungewisse – und doch fühlte ich sofort, dass meine Entscheidung für Dominik die richtige war, weil er einfach mein perfekter Traummann ist!", schwärmte Anne.

„Ich sehe, dass er dir gut tut – und wenn es dir gut geht und du glücklich bist, mein Schatz, dann ist alles andere vollkommen unwichtig", ihre Mutter strich ihr über die Wangen und über die Haare. Anne konnte die Tränen nicht zurückhalten – vor Glück! Und auch ihrer Mutter stiegen vor lauter Rührung die Tränen in die Augen!

Als sie sich wieder gefangen hatten, standen sie auf, zogen sich an und machten eine schnelle Katzenwäsche – später würden sie ohnehin noch duschen gehen – gingen zum Frühstücken an das Buffet und schlemmten. Viel bekamen Mutter und Tochter vor Aufregung nicht in ihre Mägen.

„Mein einziges Kind heiratet, dein Vater wäre so stolz auf dich, Liebes… Es ist so schade, dass wir beide gemeinsam dich nicht auf diesem wunderbaren Weg begleiten können – aber, wenn er dich schon nicht begleiten kann, dann kannst du dir sicher sein, Liebes, ich werde mir diesen wunderbaren, aber auch traurigen Moment ganz bestimmt nicht entgehen lassen", versicherte Patrizia ihrer Tochter und wieder kullerte eine Träne über ihre Wange.

„Och, Mama, nicht schon wieder weinen!", ermahnte Anne ihre Mutter.

„Ach, ich freue mich einfach so für euch!", Patrizia wischte die Träne weg und lächelte ebenfalls.

Nun ging Anne schnell duschen, anschließend half Patrizia ihr in das Hochzeitskleid und in ihre Schuhe. Sie schloss sorgfältig den Reißverschluss des

Kleides. Nun waren die Haare an der Reihe. Anne bekam eine Hochsteck-Frisur mit weißen Rosen und einigen Locken, die hinabhingen.

Auch im Schloss liefen die Vorbereitungen für die Hochzeitsfeier auf Hochtouren. Luna hatte bereits die Tische gedeckt und den Sekt für den Sektempfang kalt gestellt. Da Luna den Entzug erfolgreich hinter sich gebracht hatte, wollte die Gräfin sie belohnen – sie hatte ihr das Angebot gemacht, wieder bei ihr zu arbeiten. Denn ihr Enkel Erich hatte ihr klar gemacht, dass ein stabiles soziales Umfeld und eine sinnvolle Betätigung das Clean-Bleiben unterstützten. Und die Gräfin schätzte Luna als Arbeitskraft und als Mensch sehr.

Nach der Trauung im Standesamt würden sich das Brautpaar und alle geladenen Hochzeitsgäste im Goldenen Saal zur Feier treffen. Das Essen war angerichtet. Alle Treppengeländer waren mit Rosen behangen, der gesamte Boden des Schlosses mit Rosenblättern ausgelegt.

Der Bräutigam Dominik war auch schon in seinen Anzug geschlüpft.

„Du siehst bezaubernd aus!", die Gräfin hatte Tränen in den Augen.

Die Gräfin, das gesamte Personal, die ganze Familie und das Brautpaar waren nun – natürlich getrennt voneinander – auf dem Weg zum Standesamt.

Dort warteten bereits Noah und Leon auf die gesamte Gesellschaft.

Noah hatte noch morgens etwas beim Juwelier, etwas anderes im Blumenladen besorgen müssen. Er hatte lange überlegt, ob er das wirklich tun sollte, doch je mehr er überlegt hatte, desto sicherer war er geworden. Luna und Leon waren seine Familie und er wollte für immer mit ihnen zusammen sein – egal, ob hier in Deutschland oder in Spanien. Das, was er vorhatte, würden sie gemeinsam besprechen.

Noah hatte nämlich das Vorstellungsgespräch für die freie Stelle als Kfz-Mechaniker vor einer Woche erfolgreich hinter sich gebracht und wenige Tage später war die Zusage mit der Post gekommen. Während der Zeit, die Noah in Spanien sein musste, war Luna bei Leon gewesen. Doch Noah hatte weder Luna, noch Leon etwas von der Zusage erzählt; der Brief war noch immer sein Geheimnis. Auch hatte er den beiden nicht gesagt, dass er die Zeit in Spanien ebenfalls genutzt hatte, um sich nach freien Wohnungen umzusehen – tatsächlich hatte er eine reizende Wohnung besichtigt und sich diese gesichert.

Am Standesamt angekommen, schritt zuerst das Brautpaar hinein, danach folgten die Gäste. Auch die Plätze im Standesamt waren mit Rosen geschmückt. Dominik lächelte seine Anne an, er strahlte vor Glück.

„Du siehst bezaubernd aus, Anne…“, seine Hand fuhr über ihre Wange.

„Du auch", erwiderte Anne und lächelte ihn an.

Luna und Noah beobachteten das Geschehen ruhig, distanziert, ja fast schon gleichgültig – aber dennoch aufmerksam. Leon, der das erste Mal eine Trauung mitbekam, verfolgte das Geschehen gespannt.

„Liebes Brautpaar, verehrte Gäste", begrüßte Hannes Hellriegel die Anwesenden, „wir sind heute hier zusammen gekommen, weil Sie, Anne Köster und Sie, Dominik von Andrecht, sich gefunden haben und sich ewige Liebe schwören möchten. Am 28. Juni 2010 haben Sie, Frau Köster, eine neue Arbeit als Hausdame auf Schloss Andrecht angefangen und dort haben Sie Dominik von Andrecht kennen- und lieben gelernt. Und das schönste, das Sie mir beide in den Vorgesprächen erzählt haben, war für mich folgendes: ‚Es war Liebe vom ersten Moment an, beim ersten Blick in die Augen des anderen'– das fand ich persönlich sehr berührend", begann Herr Hellriegel, um sofort fortzufahren, „und so frage ich Sie, liebe Anne Köster, möchten Sie den hier anwesenden Dominik von Andrecht zu Ihrem rechtmäßig angetrauten Ehemann nehmen? Ihn lieben, achten und ehren in guten, wie in schlechten Zeiten, bis dass der Tod Sie scheidet, so antworten Sie bitte mit „Ja, ich will"", forderte er Anne auf.

„Ja, ich will", Anne sah Dominik fest in die Augen, und darin las sie, dass dieser sie am liebsten jetzt schon mit einem süßen Kuss liebkost hätte. Auch Dominik dachte gerade an das Wort *süß* – ihm stieg Annes Parfum, das er so liebte, in die Nase, und es roch süßlich! Heute trug sie es. Auch seine Hochzeitsüberraschung für Anne hatte etwas mit Düften zu tun – weil Anne diese so sehr liebte.

„Und nun frage ich Sie, Dominik von Andrecht, möchten Sie die hier anwesende Anne Köster zu Ihrer rechtmäßig angetrauten Ehefrau nehmen? Sie lieben, achten und ehren in guten, wie in schlechten Zeiten, bis dass der Tod Sie scheidet, so antworten Sie bitte mit „Ja, ich will"", forderte er Dominik auf.

„Ja, ich will!", mit einem breiten Lächeln im Gesicht und mit Augen, die vor lauter Glück nur so funkelten, sah Dominik seine Anne – seine Frau Anne von Andrecht – an.

Sie tauschten die Ringe aus Weißgold. Nach der Unterschrift auf den Papieren fuhr Herr Hellrigel fort, „dann erkläre ich Sie hiermit Kraft meines Amtes zu Mann und Frau. Sie dürfen die Braut…", wollte der Standesbeamte gerade ansetzen, … doch Anne und Dominik küssten sich bereits wild, leidenschaftlich und innig.

Nun zogen alle aus dem Standesamt aus und machten sich auf dem Weg zum Schloss. Auch das Brautauto, mit dem Anne und Dominik fuhren, war mit Rosen geschmückt.

Das Brautpaar und alle Gäste waren auf dem Kiesboden vor dem Schloss angekommen. Als Anne aus dem Auto stieg, rief sie gleich: „So, und jetzt stellen sich bitte einmal alle in einer Reihe hinter mir auf, der Brautstrauß wird geworfen!"

Anne war glücklich. Alle stellten sich auf und Anne drehte sich mit dem Rücken zu ihnen; dann warf sie den Strauß … und der einzige, der sich richtig verausgabt hatte, um den Strauß zu fangen – der ihn tatsächlich auch fing – war kein geringerer als Noah!

Alle waren überrascht; Anne hingegen kommentierte dies vielsagend: „Oh, herzlichen Glückwunsch, Noah!"

Nun gingen alle ins Schloss. Der Sektempfang war bereits vorbereitet worden von Luna und der neuen Hausdame, die von der Gräfin während Lunas Entzug eingestellt worden war. Sie hieß Isabel Glöckner und war Mutter einer Tochter, geschieden und sehr ehrgeizig. Ihr langes, welliges Haar glänzte wie goldenes Stroh, und ihre Augen waren meeresblau, ihr eher blasses Gesicht, fast so blass wie Porzellan, wurde von rosigen Wangen geziert.

Dominik schlug an sein Glas, um die Aufmerksamkeit auf ich zu lenken und um Ruhe zu bitten: „Ich möchte noch etwas sagen, liebe Anne. Ich habe noch eine Überraschung für dich! Da du ja Düfte so liebst, dachte ich, wir übernehmen die Parfümerie eines Freundes, der in Rente geht – diese ist in München. Wir würden morgen Mittag losfliegen", Dominik lächelte sie an und Anne konnte ihr Glück kaum fassen.

„Das ist fabelhaft – du bist der Wahnsinn!", sie strahlte; auch Patrizia und die Gräfin waren begeistert und freuten sich mit ihnen.

Wenngleich ein bisschen Wehmut dabei war, da das Brautpaar gleich am nächsten Tag abreisen würde – sie konnten sich schreiben, telefonieren und sich gegenseitig besuchen.

Auch Noah hatte etwas zu sagen: Er ergriff ein Glas Sekt vom Silbertablett der neuen Hausdame, als diese damit an ihm vorbeilief. Dann nahm er einen Löffel vom Buffet und schlug damit leicht gegen das Glas. Wieder verstummten alle Gespräche und man wandte sich zu ihm um. Er stellte das Glas weg und legte den Löffel beiseite.

„Ich möchte auch etwas sagen und dazu muss ich kurz um Ihre Aufmerksamkeit bitten", Noah zog Luna sanft am Arm zu sich, bis sie direkt vor ihm stand. Dann holte er die Ringschachtel aus seiner Tasche und ging vor Luna auf die Knie. Er öffnete die Ringschachtel, und zum Vorschein kamen zwei Ringe aus Weißgold – einer mit Stein – der andere ohne.

Noah räusperte sich: „Luna Nieters, wir beide haben schon so viele Höhen und Tiefen, so viele helle und dunkle Stunden und so viel Unglaubliches gemeistert – ich glaube, das reicht mindestens für zwei Leben. Wir haben uns beide nie aufgegeben, trotz allem, was war, und ich möchte den Rest meines Lebens mit dir an meiner Seite verbringen, Luna Nieters – mit dir und Leon. Deshalb frage ich dich, willst du meine Frau werden?"

„Ja, ich will dich heiraten, Noah Möwald", antwortete Luna und küsste ihn.

Nach dem Kuss umarmten sie sich und holten auch Leon mit in ihre Umarmung. Die anderen Gäste, sowie Anne und Dominik und auch das Schlosspersonal, beglückwünschte Luna und Noah zur Verlobung!

Als wieder Ruhe eingekehrt war, da sich die Gäste wieder ihren Getränken und Gesprächen zugewandt hatten, enthüllte Noah nun das nächste Geheimnis: „Da ist noch etwas, Luna!", machte er es spannend, „Leon, das betrifft auch dich", wandte er sich an seinen Sohn.

Beide hörten Noah freudig, gespannt und aufmerksam zu.

„Ich habe den Job in Spanien bekommen und mich auch schon um eine Wohnung gekümmert. Ich möchte, dass wir uns – als Familie – ein neues Leben in Spanien aufbauen und dorthin ziehen! Was sagt ihr dazu?"

„Ja!", rief Luna, fiel Noah wieder um den Hals und küsste ihn.

Leon zögerte noch und fragte etwas skeptisch: „Aber kann ich denn dann meine Freunde ab und zu sehen?"

„Ja, klar", versicherte ihm sein Vater, „du verlierst deine Freunde nicht, sondern du gewinnst noch neue dazu! Denn eine Schule für dich habe ich auch schon gefunden!"

Da strahlte Leon. Er warf sich seinen Eltern überglücklich in die Arme – ihr neues Leben als Familie konnte nun endlich beginnen.

ENDE

DANKSAGUNG

Nach den Krimis um Roland Saalberger wollte ich gerne im Roman-Genre schreiben, und „LUNA" ist mein erster Liebesroman.

So etwas wie bei diesem Buch hatte ich noch nie: Ich saß an meinem Schreibtisch und hatte bereits einen kompletten Plot für einen Kurzroman geschrieben – alles war bis ins kleinste Detail geplant, und ich fing an, die ersten Seiten des neuen Werkes zu verfassen. Doch irgendwie kam ich nicht richtig ins Schreiben hinein: meine erste Schreibblockade!

Ich beschloss, erst einmal eine kleine Pause einzulegen. Einige Zeit später – einige Tage waren vergangen – wachte ich auf und *sie* war da: *Die Idee* für „LUNA".

Was die Themen „Abhängigkeit" und „Sucht" angeht, ähnelt Lunas Geschichte der von Nina Saalberger in „April der Rache", aber Lunas Geschichte ist härter; denn das Suchtmittel ist ebenfalls härter und Luna steht zwischen den Fronten: Sie kämpft gegen die Droge, gegen die Sucht – und teilweise auch gegen sich selbst. Das war sehr spannend zu schreiben.

Ich habe sehr viel recherchiert über das Thema Heroinabhängigkeit, habe einige Berichte gelesen – darunter selbstverständlich auch *„Wir Kinder vom Bahnhof Zoo" von Christiane F.*, das im Jahr 1983 erschien. Gerade die Erfahrungsberichte, die ich las, haben mir sehr geholfen, insbesondere bei der Frage, wie ein Heroin-Entzug sich äußert und wie er abläuft. Bei diesem Buch fand ich die Recherche teils erschreckend und grausam, aber auch sehr informativ und aufschlussreich; insgesamt hat mir das Recherchieren – trotz des ernsten Themas – sehr viel Spaß gemacht. Wenn es trotz meiner Recherche zu inhaltlichen oder fachlichen Falschdarstellungen kommt, habe alleine ich diese verschuldet. Ich bitte hier um Nachsicht!

Zuerst einmal möchte ich meinen Eltern, insbesondere meiner Mutter, für ihre Hilfe und Unterstützung danken. Sie hat sich immer wieder mit mir gemeinsam das Manuskript durchgelesen und mir nützliche Tipps gegeben. DANKE, Mama! Du stärkst mir stets den Rücken und stehst immer hinter mir! Auch meinen Vater danke ich sehr für seine Hilfe.

Weiterhin danke ich meiner Tante, meinem Onkel und meiner Cousine von der mütterlichen Seite für den großen Respekt vor meiner Arbeit und die Unterstützung durch Tipps zu dem Manuskript. Ich danke auch meinem 3jährigen Großcousin Manuel, der mich immer wieder aufs Neue inspiriert!

Außerdem danke ich noch meiner besten Freundin Janett für ihre wunderbare Unterstützung bei Fragen zur Namensfindung☺.

Des Weiteren danke ich meiner Freundin Maren für die Tipps zum Manuskript und für ihre Unterstützung bei der Administration meiner neuen Facebook-Seite:

Samantha Daut –
Amanda Ciesing[1]

Ein ganz besonderer Dank gilt meiner wunderbaren Lektorin Susanne Junge. Inhaltlich stand sie mir bereits beim Plot zur Seite, gab der Story den letzten Pepp und Feinschliff und ist auch für das Layout des Buches verantwortlich. Ich freue mich schon sehr auf unser nächstes Projekt in diesem Jahr.

Ein weiterer, ganz besonderer Dank geht an meinen professionellen und erfahrenen Coverdesigner Berthold Sachsenmaier: Vielen Dank für das wunderbare Cover von „LUNA", es gefällt mir sehr, sehr gut.

Des Weiteren möchte ich Herrn Sachsenmaier für das professionelle und außergewöhnliche Logo danken, das er entworfen hat: Ich finde. Es passt sehr gut zu mir und gefällt mir persönlich sehr gut!

1

https://www.facebook.com/samanthadautamandaciesingau torin/?fref=ts

Auch dem Team von tredition möchte ich danken für die reibungslose Zusammenarbeit und die sofortige und geduldige Hilfe bei Fragen.

Nun danke ich noch allen Leserinnen und Lesern, die Luna und Noah hoffentlich genauso lieben werden wie ich. Ich freue mich sehr über Ihre Rückmeldungen zu „LUNA" und ich bin schon sehr gespannt, wie dieser Liebesroman bei Ihnen ankommen wird.

Teilen Sie mir Ihre Meinung zu „LUNA" gerne folgendermaßen mit:

www.samantha-daut.de: Hinterlassen Sie einen Kommentar im Gästebuch oder schreiben Sie mir über das Kontaktformular

Besuchen Sie mich auf meiner Facebook-Seite:

Samantha Daut –
Amanda Ciesing

Schreiben Sie mir persönlich eine E-Mail: Samantha.Daut@web.de

Zum Schluss möchte ich noch etwas in eigener Sache loswerden und ein für alle Mal klarstellen: Das Schreiben ist mein Job, mein Beruf – es ist ein Beruf, wie ihn jeder andere auch hat. Das Schreiben ist meine Arbeit, mein Leben und meine Liebe. Schreiben ist für mich Handwerk, harte Arbeit und pures Glück.

Ich werde immer schreiben!

Samantha Daut, im März 2016

ÜBER DIE AUTORIN

Samantha Daut wurde am 06.02.1994 in Heidelberg geboren und wuchs in Leimen auf, dort lebt sie bis heute.

Sie ist Rollstuhlfahrerin.

Mittlerweile hat die Autorin unter ihrem Namen vier Bücher veröffentlicht – zwei davon sind als Doppelband erschienen. Unter dem mittlerweile offenen Pseudonym Amanda Ciesing schreibt die Autorin unter anderem Arztromane. Inzwischen sind hier zwei Bände der „NIOL-Trilogie" mit den Titeln „Schatten der Vergangenheit" und „Angst um Nele" erschienen. Der dritte Band wird voraussichtlich im Jahr 2017 veröffentlicht.

Im Jahr 2016 plant Samantha Daut neben dem aktuellen Roman „LUNA" auch noch eine neue Roman-Reihe um einen erfolgreichen Anwalt und seine Familie. So viel sei schon einmal verraten: In dieser Reihe wird es sehr turbulent zugehen und es ist für jeden etwas dabei. Freuen Sie sich bei neuen Reihe auch auf ein Wiedersehen mit einem alten Bekannten.

Des Weiteren wird es vermutlich eher gegen Ende des Jahres 2016 eine Kurzgeschichte geben, die als E-Book erscheinen wird.

BÜCHER VON SAMANTHA DAUT

Die Roland-Saalberger-Reihe:

1. *Tödliche Eifersucht*
2. *Lehrerhass*

Beschreibung:

Im ersten Band muss Sigrid Fery, Kommissarin der Kriminalpolizei Mosbach, mit ihrem Kollegen Roland Saalberger den Mord an einer jungen Frau aufklären. Zunächst sind sich die beiden nicht sonderlich sympathisch. Der Kreis der Verdächtigen wird durch die Aussage einer alten Dame immer unübersichtlicher. Plötzlich steht Roland Saalbergers Vergangenheit vor ihm und mit ihr ein dunkles Geheimnis... So geraten die Kommissare in tödliche Gefahr, und ein Wettlauf mit der Zeit beginnt...

Im zweiten Fall werden die Kommissare zu einem Mord an der Mosbacher Berufsfachschule gerufen. Lehrer Rainer März wurde getötet und das ausgerecht bei einem alles entscheidenden Elternsprechtag, denn es gab versetzungsgefährdete Schüler in März` Klasse. Die Kommissare ermitteln zwischen scheinbar perfekten Menschen und abgrundtiefen Familienverhältnissen. Plötzlich kommt es an der Berufsfachschule zu einem Amoklauf, der auch die Polizisten in Lebensgefahr bringt...

Format: Taschenbuch   Preis: 12,49 Euro

Der Doppelband ist als Taschenbuch u.a. erhältlich beim Verlag www.tredition.de oder unter Angabe des Titels bzw. der ISBN in jeder Buchhandlung!

3. BLUTTEDDY

Der dritte Fall für Roland Saalberger!

Beschreibung:

Der dritte und persönlichste Fall! Wieder begegnen wir Sigrid, Isabelle und Roland; die Story hält viele überraschende Ereignisse für die Kommissare bereit: eine Konfrontation mit der Vergangenheit, persönliche Verstrickungen, sowie eine dramatische Wendung...

Nach der leidenschaftlichen letzten Liebesnacht mit seiner Ex-Verlobten fühlt sich Saalberger einmal mehr in seinem Entschluss bestärkt, Nina zu heiraten. Am nächsten Morgen tritt Roland entschlossen, aber doch mit ein klein bisschen Wehmut vor den Traualtar. Kriminalrätin Dr. Isabelle Engel hat sich für den Tag der Hochzeitsfeierlichkeiten von Roland und Nina, mit Kollege Frank Barke in die Nachtschicht einteilen lassen, um Roland nicht auch noch bei seinem Glück mit Nina zusehen zu müssen. Während Nina und Roland ihr Glück genießen, werden Frank und Isabelle zu einem heiklen Mordfall gerufen: Auf ein 2jähriges Kind wurde mehrfach brutal eingestochen. Das bringt Roland und Isabelle nicht nur beruflich, sondern auch menschlich an ihre Grenzen.

Formate:
Taschenbuch   Taschenbuch-Preis: 12,50 Euro
E-Book/Kindle Edition E-Book-Preis: 12, 49 Euro

Das Taschenbuch ist u.a. erhältlich direkt beim Verlag www.tredition.de oder unter Angabe des Titels bzw. der ISBN in jeder Buchhandlung, das E-Book ist in allen gängigen Shops erhältlich!

4. April der Rache

Der vierte Fall für Roland Saalberger!

Beschreibung:

EIN EX-KOMMISSAR AUF RACHEFELDZUG…

APRIL 2013: Roland Saalberger hat seinen Dienst bei der Kriminalpolizei niedergelegt und hat sich nun als Privatermittler selbstständig gemacht. In seinem Leben ging es in den letzten Monaten ziemlich turbulent zu. Aber mit dem neuen Job hat auch er wieder Halt gefunden. Zugleich sinnt Roland auf Rache an allen, die mitschuldig sind, dass seine Tochter Caroline starb. Um seinen Rachefeldzug zu vollziehen, lässt er sich auf ein unmoralisches Angebot ein – deren Folgen er nie erfahren wird. Und plötzlich erhält er unerwarteten Besuch, der alles noch einmal auf Anfang spult. Die Kommissare im Mosbacher K11 haben unterdessen alle Hände voll zu tun: Ein 11jähriges Mädchen wurde entführt. Bei ihren Ermittlungen machen Natalie und Mark eine grausame Entdeckung und kommen einer familiären Tragödie auf die Spur.

Formate:
Taschenbuch   Taschenbuch-Preis: 10,49 Euro
Hardcover: Hardcover-Preis: 18,49 Euro
E-Book/Kindle Edition E-Book-Preis: 3,99 Euro

Das Taschenbuch ist unter anderem erhältlich beim Verlag www.tredition.de oder unter Angabe des Titels bzw. der ISBN in jeder Buchhandlung, das E-Book ist in allen gängigen Shops erhältlich!

BÜCHER VON SAMANTHA DAUT UNTER DEM PSEUDONYM AMANDA CIESING

Die NIOL-Trilogie:

1. Schatten der Vergangenheit

Beschreibung:

Dr. Oliver Bergmann ist ein äußerst erfolgreicher und gutaussehender Oberarzt an der Südstadtklinik in Kaltensee. Sein Vater Wolfgang Bergmann hat die Klinik gegründet, aus altersbedingten Gründen hat er seinen beiden Golffreunden Professor Dr. Dr. Conrad Möbius und Professor Dr. Dr. Paul Thomsen die Leitung seiner Klinik übertragen. Oliver Bergmann lebt glücklich mit seiner Verlobten, der Kinderärztin Dr. Ellen Roth, in einer wunderschönen Villa. Seine 6-jährige Tochter Nele aus erster Ehe sieht er regelmäßig an den Vater-Wochenenden. Die Schwierigkeiten beginnen, als Nele erkrankt; auch wird das Verhalten des Mädchens zunehmend seltsamer… Was steckt dahinter?

Taschenbuch   Taschenbuch-Preis: 7,49 Euro
E-Book/Kindle Edition E-Book-Preis: 2, 99 Euro

Das Taschenbuch ist unter anderem erhältlich beim Verlag www.tredition.de oder unter Angabe des Titels bzw. der ISBN in jeder Buchhandlung, das E-Book ist in allen gängigen Shops erhältlich!

2. *Angst um Nele*

<u>Beschreibung:</u>

Dr. Oliver Bergmann und seine Ex-Frau Dr. Nicola Voss haben Gewissheit: Nele ist tatsächlich an Mukoviszidose erkrankt. Olivers Vater Wolfgang scheut weder Kosten noch Mühen und sorgt dafür, dass Nele in Dr. Windgassens Spezialklinik behandelt wird. Als Olivers Verlobte, die Kinderärztin Dr. Ellen Roth davon erfährt, setzt sie alles daran, Neles Behandlung zu übernehmen und kämpft dabei mit unlauteren Mitteln. Handelt Ellen wirklich zum Wohle von Nele?

Taschenbuch	Taschenbuch-Preis: 8,99 Euro
Hardcover	Hardcover-Preis: 16,99 Euro
E-Book/Kindle Edition	E-Book-Preis: 3,99 Euro

Das Taschenbuch ist unter anderem erhältlich beim Verlag www.tredition.de oder unter Angabe des Titels bzw. der ISBN in jeder Buchhandlung, das E-Book ist in allen gängigen Shops erhältlich!

Zeitfracht Medien GmbH
Ferdinand-Jühlke-Straße 7
99095 Erfurt, Deutschland
produktsicherheit@kolibri360.de